Eigentlich hat sich Piet Hieronymus, ehemaliger Profiler der niederländischen Polizei für Auslandsermittlungen, schon seit längerem zur Ruhe gesetzt. Doch dann erhält er die Nachricht, dass sein finnischer Ex-Kollege und Freund Einar Berglund unerwartet gestorben sei. Piet hat allen Grund, an dem Tod Einars zu zweifeln. Er macht sich umgehend auf den Weg in den hohen Norden, doch ein schwerer Sturz hindert ihn dort lange an weiteren Nachforschungen. Mithilfe der Vietnamesin Hue, die ihn im Krankenhaus betreute, und des Samen Matti gelingt es Piet schließlich, das Rätsel um Einar zu lösen.

Sein letzter Fall führt Piet Hieronymus auf die Spur eines perfiden Netzwerks skrupelloser Ärzte und Wissenschaftler, deren mafiöse Unternehmungen offenbar mit Einar Berglunds Schicksal in Zusammenhang stehen. Es wird für ihn aber auch eine Reise in die vom Untergang bedrohte Kultur der Samen – und eine Konfrontation mit seiner eigenen Verletzlichkeit und Vergänglichkeit.

Henning Boëtius, geboren 1939, ist Verfasser eines vielschichtigen Werkes, das Romane, Essays, Lyrik und Sachbücher umfasst. Bekannt wurde er durch Romanbiografien von Autoren wie Georg Christoph Lichtenberg, Arthur Rimbaud oder Heinrich Heine, durch seine Trilogie autobiografisch fundierter Romane (»Phönix aus Asche«, »Der Strandläufer« und »Der Insulaner«) sowie durch seine Kriminalromane um den holländischen Ermittler und Profiler Piet Hieronymus. »Das Chinesische Zimmer« ist der siebte Piet-Hieronymus-Roman.

Henning Boëtius

Das Chinesische Zimmer

Roman

btb

Sollte diese Publikation Links auf Webseiten Dritter enthalten,
so übernehmen wir für deren Inhalte keine Haftung,
da wir uns diese nicht zu eigen machen, sondern lediglich
auf deren Stand zum Zeitpunkt der Erstveröffentlichung verweisen.

Penguin Random House Verlagsgruppe FSC® N001967

1. Auflage
Copyright © 2022 by btb Verlag
in der Penguin Random House Verlagsgruppe GmbH,
Neumarkter Straße 28, 81673 München
Umschlaggestaltung: semper smile, München
Covermotive: © plainpicture / KuS
Satz: GGP Media GmbH, Pößneck
Druck und Einband: GGP Media GmbH, Pößneck
ts · Herstellung: sc
Printed in Germany
ISBN 978-3-442-77237-7

www.btb-verlag.de
www.facebook.com/btbverlag

1

Nachdem Piet Hieronymus zweimal ohne triftigen Grund
gestürzt war – er hatte einfach das Gleichgewicht verloren
und war der Länge nach aufs Straßenpflaster geflogen –, entschloss er sich, seine kleine Stadtwohnung aufzugeben und
in eine nahe gelegene Einrichtung für betreutes Wohnen
umzuziehen. Vor Jahren hatte ihn ein Kriminalfall, in dem
er als Profiler für Auslandsfälle der niederländischen Polizei
ermittelte, aus seiner Heimat nach Berlin geführt. Er war
in dieser Stadt hängen geblieben, und jetzt hatte er seiner
Ansicht nach die Endstation erreicht: ein kleines Zimmer
in einem Berliner Altenheim. Eigentlich war es kein richtiges Zimmer, eher eine Zelle, ähnlich einer Gefängnis- oder
Mönchszelle, aber das machte keinen großen Unterschied.
Auch ein Mönch ist ein Gefangener, und zwar der Illusion,
durch Askese, Zurückgezogenheit und Gebet Gott näher zu
sein als jene, die sich draußen in der Welt aufhalten, um dort
ihren Bedürfnissen nachzugehen. Aus kosmischer Perspek-
tive ist übrigens der ganze Erdball eine Gefängniszelle.

Seinen Versuch, den Raum ein wenig wohnlich zu machen, hatte er schnell aufgegeben. Nicht nur aus Platzman-
gel, sondern vor allem weil er sein Leben nicht in einem

Trödelladen beschließen wollte, vollgestopft mit Dingen und Bildern, die ihm einst wichtig gewesen waren. Seine Erinnerungen sollten eingesperrt im Labyrinth der Gehirnwindungen verharren, und dort sollten sie gefälligst bleiben bis zum Ende seines Daseins. Sie hatten lebenslänglich bekommen, die Höchststrafe für die Anmaßung, einst Gegenwart gewesen zu sein.

Es gab nur zwei Ausnahmen, was die Gestaltung seiner kleinen Welt anging: einen Korbsessel, den er von seiner vor langer Zeit verstorbenen Mutter geerbt hatte und der so stark knarrte, dass das Geräusch jedes Gespräch behinderte, das man von ihm aus zu führen versuchte. Das kam allerdings nur selten vor, denn er hatte so gut wie nie Besuch, und mit den Pflegern und Ärzten lohnte sich eine Unterhaltung nicht, denn sie redeten nur von medizinischen Fakten, seine Gesundheit betreffend.

Die zweite Ausnahme war ein großes Poster, das er an der weiß getünchten Wand gegenüber dem Fenster angebracht hatte. Es zeigte ein menschliches Skelett, sein eigenes. Es war der vergrößerte Ausdruck einer CT-Aufnahme. Deren Ergebnis: Er hatte Osteoporose und als Folge mehrere Kompressionsbrüche der Wirbelsäule. Das erklärte, warum er zehn Zentimeter kleiner war als früher. Ein Mann, den Piet Hieronymus wegen seiner überragenden Intelligenz besonders verehrte, war der französische Philosoph und Schriftsteller Paul Valéry. Der hatte auch eine Abbildung seines Skeletts in seinem bescheidenen Zimmer hängen gehabt während der zweiundzwanzig langen Jahre, in denen er keine Poesie mehr schrieb, nachdem ihm ein heftiges Gewitter, das er in Genua von einem Balkon aus beobachtet hatte, die schockierende Einsicht vermittelt hatte, dass Poesie angesichts solcher Naturgewalten im Grunde überflüssig sei. Von Valéry stammte der Satz: »Dummheit ist nicht meine Stärke«, den Piet zu seinem Lebensmotto gemacht hatte, wohl wissend, dass er ihm selten gerecht wurde, vor allem wenn es um die Beziehungen zu Frauen ging. Jetzt gab es so gut wie keine Gelegenheit mehr, sich an dieses Motto zu halten. Der knarrende Korbsessel und sein Knochengerüst waren für Piet Mahnungen, sich nur noch auf das Wesentliche zu konzentrieren, und zum Wesentlichen gehörte das Schweigen. Schweigen war wichtig. Es war weit mehr als Stummheit. Es gab Großmeister des Schweigens. Joyce zum Beispiel. Er soll es fertiggebracht haben, stundenlang auf einem Barhocker zu sitzen, ohne ein einziges Wort zu sagen. Oder sein Schüler Samuel Beckett, der in seinen Werken das Schweigen immer wieder thematisierte. Nicht zu vergessen Wittgenstein, dessen *Tractatus* mit dem berühmten Satz endet: »Wovon man nicht sprechen kann, darüber muss man schweigen.«

Sein Arzt hatte ihm offen gesagt, dass seine Lebensuhr so gut wie abgelaufen sei, weniger wegen seines Sturzes, sondern weil nach einer früheren Operation wegen eines Prostatakrebses wieder Metastasen aufgetreten seien. Zeit also, endlich konsequent zu sein. Früher hatte er versucht, sein Leben zu verlängern, indem er eine Beziehung wechselte oder den Beruf oder das Land. Alles ohne Erfolg. Die Dehnung der subjektiven Zeit, die Einstein in der speziellen Relativitätstheorie als Folge extremer Geschwindigkeit beschreibt, war immer nur von kurzer Dauer. Sie war jedes Mal sehr schnell wieder geschrumpft angesichts einer allgegenwärtigen Normalität.

Piet Hieronymus saß in seinem Sessel und schwieg. Er übte sich darin, keine lautlosen Selbstgespräche zu führen, was nicht ganz einfach war, denn immer wieder meldete sich der Strom des Bewusstseins mit seiner inneren Stimme. Von draußen drang durch die heruntergelassene Jalousie und den zugezogenen Vorhang das monotone An- und Abschwellen des Verkehrslärms.

Er dachte in der letzten Zeit viel über den Tod nach. Als sein Vater starb, hatte das bei ihm keinerlei Gefühle ausgelöst, denn er hatte ihn kaum gekannt. Als seine Mutter starb, war er anfangs fast erleichtert, denn das ewige Kujonieren hatte ein Ende, dann aber begann er sie zu vermissen. Die Trauer hatte in diesem Fall mit einiger Verzögerung eingesetzt und war dann umso größer gewesen.

Vor allem aber Einar Berglunds Tod hatte ihn tief getroffen. Einar war ein finnischer Kommissar gewesen, der ihm vor vielen Jahren bei der Lösung eines Kriminalfalles geholfen hatte. Zwei holländische Staatsbürger waren in Lappland ermordet worden. Er war damals im Auftrag der Groninger Kripo in den hohen Norden gereist, um den Fall zu untersuchen. Jahre später hatten sie noch einmal zusammengearbeitet, in einem dubiosen Fall in Berlin. Sie ergänzten sich gut, Einar war der Analytiker, während er mehr aus dem Bauch agierte.

Aus der Zusammenarbeit mit Berglund war so etwas wie eine echte Freundschaft entstanden. Einar lebte nach seiner

Pensionierung in einer Blockhütte in einem geschlossenen Waldstück an einem See, einige Kilometer westlich von Rovaniemi. Piet hatte Einar einige Male dort besucht und musste dazu jedes Mal seine Flugangst überwinden, aber der Kontakt mit seinem Kollegen war ihm wichtig. Sie hatten viel Zeit in der Sauna verbracht, Rotwein getrunken und über das Leben und die Menschen philosophiert. Beide waren sich einig darin, dass es wenig Gründe gab, mit den Verhältnissen dieser Welt zufrieden zu sein.

Sie hatten sich wieder aus den Augen verloren, diesmal wohl für immer. Doch dann kam ein Brief, der Piet nachdenklich stimmte. »Verzeih mir meine Schrift. Ich kann fast nichts mehr sehen. Es ist das verfluchte Alter. Auch mein Gedächtnis lässt nach. Manchmal vergesse ich sogar den Namen meiner Frau, die mich wegen einem Landsmann von ihr verlassen hat, wie du weißt. Ich würde dich gerne noch einmal sehen, ehe es zu spät ist. Einar.«

Piet schrieb zurück und schilderte seinen körperlichen Zustand, der eine so weite Reise unmöglich machen würde. Als er keine Antwort erhielt, rief er bei der Polizei in Rovaniemi an. Einar musste seinen Kollegen einiges von Piet erzählt haben, denn der Mann am Telefon, der sich als Inspektor Mäkinen vorstellte, war erstaunlich mitteilsam. Er sagte, Einar sei tot in seiner Sauna aufgefunden worden. Die Todesursache sei nicht ganz klar, da der Körper bereits stark verwest gewesen sei. Es gebe aber keine Anzeichen äußerer Gewalt und auch kein Gift im Körper. Vermutlich sei er einem Herzschlag erlegen, denn man habe eine große, leere Korbflasche Chianti in der Sauna gefunden. Die Kombination einer hohen Lufttemperatur mit einer größeren Menge Alkohol sei nicht ungefährlich. Vielleicht habe er seinen Tod sogar bewusst herbeigeführt.

Piet Hieronymus war von den Annahmen der finnischen Polizei nicht überzeugt, denn er wusste, dass Einar zwar gerne Rotwein trank, jedoch niemals italienischen, seit ihn seine italienische Frau verlassen hatte.

Wenig später klopfte es. Das war seltsam. Um diese Zeit kam gewöhnlich keine Putzfrau, kein Pfleger, um ihm sein Essen zu bringen, außerdem klopften die Angestellten des Heimes nicht. Sie traten einfach ein. Wer mochte es sein? Er hatte längst keine Freunde mehr, keine Bekanntschaften. Die Menschen, die ihm nahegestanden hatten, waren inzwischen entweder verstorben oder sie interessierten sich nicht mehr für ihn. Wieder klopfte es, diesmal lauter. Schließlich stand Piet mit einiger Mühe auf, verharrte einen Moment zögernd vor der Tür und versuchte, in diesem Geräusch zu lesen. Sprach Ungeduld aus ihm? War es ein Mann oder eine Frau? Als das Klopfen nicht aufhörte, öffnete er. Eine zierliche, hübsche Person stand vor ihm und lächelte ihn an. »Ich bin Anna, die neue Fußpflegerin«, sagte sie mit einem starken Akzent.

Sie hatte einen großen Trolley dabei, dem sie verschiedene Dinge entnahm. Einen Klapphocker, einen Kasten mit ihrem Werkzeug – Scheren, Zangen, Feilen, Nagelknipser, Nagelfräser –, eine blaue Plastikschüssel, einen elektrischen Kocher, eine kleine, sehr helle Lampe und ein Kofferradio mit Kassettenfach. Während sie alles aufbaute und dann das Radio einschaltete, betrachtete er sie von seinem Korbsessel aus, in dem er wieder Platz genommen hatte. Manchmal glich dessen Knarren einer menschlichen Stimme, der Stimme seiner Mutter. »Du hast dir wieder nicht die Zähne geputzt.« – »Künstliche Zähne muss man nicht putzen«, murmelte er dann, wobei er verschwieg, dass er immer noch ein paar echte Zähne hatte. Diesmal aber hielt der Sessel still, so gebannt starrte er die Person vor ihm an. Sie hatte die braunen Haare zu einem Knoten geschlungen, in dem ein strassbesetzter Kamm steckte. Ihr blütenweißer Kittel betonte ihren dunklen Teint. Sie bewegte sich ungeheuer schnell und sicher. Es war schwierig, ihr Alter einzuschätzen: In vielem glich sie einem jungen Mädchen, aber sie hatte auch Züge einer älteren Frau. Während sie mithilfe des elektrischen Kochers und der blauen Plastikschüssel ein Fußbad bereitete, summte sie unaufhörlich zu den Liedern, die aus dem Radio erklangen. »Ich kann ohne Musik nicht arbeiten«, meinte sie. Piet fand, dass sie das Gegenteil ihrer korpulenten und hässlichen Vorgängerin war, die nur das Notwendigste tat und nach zwanzig Minuten fertig war, wobei es häufig nicht ohne kleine, schmerzhafte Verletzungen abging. Früher hätte er sich bestimmt in Anna verliebt. Aber jetzt war ein solcher Gedanke absurd.

Anna zog den Klapphocker heran, setzte sich und band sich eine grün-weiß-rot gestreifte Gesichtsmaske um, eine kleine italienische Trikolore. Ganze siebzig Minuten widmete sie sich Piets Füßen. Einiges von der Musik gefiel ihm. Er erkannte die Stimme von Adriano Celentano, von Lucio Dalla und Paolo Conte. Als die Kassette zu Ende war, legte Anna ein Band mit monotoner, hypnotischer Klaviermusik ein. Piet schlief fast in seinem Sessel ein, so beruhigend und angenehm war alles. Irgendwann hörte er durch den Vorhang der Maske, der sich dabei heftig bewegte, Annas melodische, tiefe Stimme. »Das ist Ludovico Einaudi. Ist das nicht wunderschön? Ich finde, er streichelt die Tasten wie den ausgestreckten Körper einer Frau. Sie haben Hammerzehen, mein Herr, daher die Hühneraugen. Ich werde jetzt die überflüssige Hornhaut entfernen, sagen Sie, wenn es pikst.«

Es pikste nicht, aber es tat höllisch weh, als Anna ein Hühnerauge mit dem Hornhauthobel traktierte. Zum Schluss ölte sie seine Füße ein und massierte sie mit einer Kraft, die er ihr nicht zugetraut hatte. »Ich komme in drei Wochen wieder«, sagte sie zum Abschied. »Ich denke, Sie werden schon jetzt besser laufen können.«

Sie hatte recht. Er hatte ein wunderbares Gefühl in den Füßen und bewegte sich viel leichter. Er hatte auch den Eindruck, besser denken zu können. Irgendwie war er klarer im Kopf. Er ging ein paarmal den Flur auf und ab und fühlte sich dabei wie ein kleiner Junge, der barfuß über einen Strand schlendert.

Piet erkundigte sich bei der Anstaltsleitung nach der neuen Fußpflegerin. Sie hieß mit vollem Namen Anna Christina Bartolini. Ihr Mann führte eine Pizzeria in der Innenstadt. Piet entschloss sich, das Lokal aufzusuchen. Herr Bartolini war ein schöner Mann. Massig, groß, weißhaarig, breites Kreuz. Er erinnerte in seinem eleganten, etwas abgenutzten beigefarbenen Zweireiher an den alten Raf Vallone. Der Wirt begrüßte die Gäste persönlich mit einem festen Händedruck und setzte sich auch, wenn man bestellt hatte, für einen Moment an deren Tisch. Piet bestellte eine Margherita, für ihn die ehrlichste Pizza und ein guter Gradmesser für das Niveau eines italienischen Lokals. Als Annas Mann neben ihm saß, lobte Piet dessen Frau in den höchsten Tönen. »Ja, das ist wahr. Sie ist eine schöne Person, und sie kann in ihrem Beruf wirklich sehr viel. Aber Anna ist auch ein Besen. Es ist nicht einfach mit ihr.« Er seufzte. »Sie will nicht kochen. Sie mag ihren Hund mehr als mich, aber ich liebe sie unendlich. Als wir uns vor dreißig Jahren am Strand von Sperlonga kennenlernten, war es um mich für alle Zeiten geschehen.«

Die Pizza kam, und sie war vorzüglich. Ebenso der Pinot Grigio. Der Wirt erhob sich und schüttelte noch einmal mit eisernem Griff Piets Hand. Nach einer zweiten Karaffe Wein fuhr Piet in bester Stimmung mit dem Taxi ins Pflegeheim zurück.

2

Nachdem die Fußpflegerin Anna zum dritten Mal da gewesen war, fühlte sich Piet Hieronymus so gut, dass er seinen Arzt aufsuchte, um ihm von dieser Entwicklung zu berichten. Der Arzt meinte: »Ein gutes Beispiel dafür, wie eng die verschiedensten Teile des menschlichen Körpers miteinander zusammenhängen. Das macht ja auch jede Diagnose so schwierig.«

Piet erzählte ihm von seinem Plan, den er in einer schlaflosen Nacht zuvor gefasst hatte. »Ich habe vor, eine ziemlich lange Reise zu unternehmen. Und zwar in den hohen Norden. Nach Lappland. Ich will etwas klären. Es geht um den mysteriösen Tod eines alten Freundes. Ich habe mich während meiner beruflichen Jahre immer an eine Methode gehalten, die ich die Maigret-Methode nenne. Einen Fall nicht durch eine analytische Vorgehensweise zu lösen, sondern dadurch, dass man sich mitten hinein in das Milieu begibt, in dem er stattgefunden hat. Deshalb muss ich jetzt nach Rovaniemi, in die Hauptstadt von Finnisch Lappland. Meinen Sie, ich kann mir eine solch lange Reise zumuten?«

Der Arzt war ein gut aussehender junger Mann von hoher Intelligenz und der Fähigkeit, echte Anteilnahme zu vermitteln.

»Ihre Blutwerte sind nicht schlecht, ich bin zufrieden mit Ihnen. Mit einer Ausnahme. Ihr PSA-Wert steigt wieder. Das müssen wir beobachten. Es ist möglich, dass der Krebs zurück ist. Wir sollten den PSA-Wert nun vierteljährlich ermitteln.«

»Diese Entwicklung motiviert mich zusätzlich, auf eine lange Reise zu gehen. Ich möchte hier nicht einfach so auf meinen Tod warten.«

Piet kaufte online zerlegbare Nordic Walking Stöcke, einen Rucksack, ein Schweizer Offiziersmesser, eine Taschen-lampe und einen Taschenkompass. Der Leitung des Hau-ses, das unmittelbar neben einem Bahnhof lag, erklärte er, er müsse wegen einer Erbschaftsangelegenheit für einige Wochen in seine alte Heimat zurück. Sein Zimmer wolle er jedoch behalten. Dann ließ er sich noch einmal in die Pizze-ria von Signore Bartolini fahren. Anna war da. Sie stritt sich vor aller Augen und Ohren mit ihrem Mann. Piet ging zum Tresen und bestellte einen doppelten Grappa. Als Anna ihn bemerkte, lächelte sie und winkte mit einer kleinen Bewe-gung ihrer Hand. Piet leerte das Glas in einem Zug, drehte sich um und verließ das Lokal.

Am folgenden Tag machte er sich auf den Weg. Er war aufgeregt wie ein kleiner Junge vor der Weihnachtsbesche-rung. Schon auf der Treppe zum Bahnsteig wurde ihm deutlich, dass er durch seine körperliche Verfassung Hilfs-bereitschaft erregte. Ein junges, dunkelhäutiges Mädchen erbot sich, seinen Rucksack zu tragen und ihn unterzuha-ken.

Dann saß er im Speisewagen im Zug nach Hamburg. Er hatte sich vorgenommen, wie durch einen langen Tunnel zu reisen, an dessen Ende kein Licht war. Möglichst mit niemandem reden, möglichst wenig aus dem Fenster schauen. In einem Zustand zwischen Wachen und Schlafen sein, in einer Art Trance oder Hypnose. Dieses Vorhaben erwies sich jedoch als nicht ganz einfach. Er hatte das Kommunikationsbedürfnis des Mitreisenden unterschätzt, der ihm gegenübersaß. Piet Hieronymus ließ sich ein Fläschchen Rotwein kommen, und während er in kleinen Schlucken trank und vor sich hinstarrte, hörte er plötzlich die Stimme seines Gegenübers: »Mit Verlaub, Sie haben sicher auch schon bessere Tage gesehen. Nichts für ungut. Ich weiß, wovon ich rede. Obwohl ich erheblich jünger bin als Sie, habe auch ich mein Päckchen zu tragen. Das geht im Grunde allen so. Hören Sie das Geschrei des kleinen Kindes hinter uns? Es hat wahrscheinlich seinen Schnuller ausgespuckt, weil er ihm nicht schmeckt. So fängt es an. Und so geht es weiter. Immer wieder hat man einen Schnuller, der nicht schmeckt. Ich war dreimal verheiratet, und ich habe mich dreimal scheiden lassen, jedes Mal mit großen finanziellen Verlusten, habe sozusagen dreimal meinen Schnuller ausgespuckt.«

Piet sah sich genötigt, den Kopf zu heben und diesen Menschen anzusehen. Er war unansehnlich, irgendwo um die fünfzig, hatte einen roten Kopf mit schräg über den Schädel gekämmten fettigen Haaren und trank Riesling. »Ich habe jetzt nur noch Freundinnen. Ich kann ja nichts dafür, dass in mir, wie bei allen Männern, der Fortpflanzungstrieb wütet. Dies hier ist meine neueste Flamme.«

Er zückte sein Smartphone, tippte darauf herum und hielt es Piet vor die Nase. Das Foto einer jungen Asiatin war zu sehen. Während Piet noch überlegte, wie er den schmutzigen Redefluss des Mannes austrocknen konnte, fuhr dieser schon fort: »Sie ist eine Thai. Sie heißt Lee. Ich habe sie aus einem Katalog. Sie ist mir sehr ergeben. Eine fantastische Geliebte. Ich erspare ihnen weitere Details. Wir leben vom Sex, aber nicht, wie Sie denken. Wir haben ein tolles Geschäftsmodell. Ein Internetportal, das es den Menschen in Thailand und anderen asiatischen Ländern ermöglicht, sich Kenntnisse in Sachen Sex zu beschaffen. Zum Beispiel, wie man ein Kondom anzieht. Sie werden sich wundern, trotz des Sextourismus ist die Bevölkerung in diesen Ländern sehr konservativ. Über Sex zu reden ist ein Tabu. Meine Freundin möchte ihren Landsleuten helfen. Sie ist die Beate Uhse des Fernen Ostens. Sie kennen doch Beate Uhse? Und Oswald Kolle? Den jungen Leuten von heute sagen diese Namen gar nichts mehr, aber Ihnen doch sicher. Wegen der Webseite haben ihre Eltern sie übrigens verstoßen. Es wäre auch nicht ungefährlich für Lee, in die Heimat zu reisen. Und was machen Sie? Oder besser, was haben Sie vor Ihrer Pensionierung gemacht?«

»Ich bin nicht pensioniert. Ich arbeite immer noch.«

Piet begann in der Zeitung zu lesen, die er am Bahnhof gekauft hatte. Aber der andere ließ sich nicht abwimmeln.

»Ich vermute, Sie haben mit Ihrem Kopf gearbeitet. Sie sind bestimmt ein Geistesarbeiter.«

Piet seufzte und hob den Kopf. »Ich bin Profiler, das sind Leute, die hinzugezogen werden, wenn ein Mordfall als unlösbar gilt. Sie haben das Talent, sich in den Täter hineinzuversetzen. Dadurch können sie manchmal auch komplizierte Fälle aufklären «

»Darf man fragen, wohin die Reise geht?«

»In den hohen Norden. Nach Lappland.«

»Zu den lieben Lappen. Ein lustiger Name, finden Sie nicht?«

»Diese Bezeichnung wird von den Einheimischen als Beleidigung empfunden. Jedenfalls wenn sie von Fremden verwendet wird. Der Name Lappe ist eine Erfindung der Russen und Schweden. Er wurde später mit dem germanischen Begriff für Lumpen identifiziert. Sie selbst nennen sich Samen, das bedeutet Sumpfleute.«

Wieder lachte sein Gegenüber exaltiert. »Samen ist auch gut. Das passt zu Lappen. Man wischt den verspritzten Samen mit dem Lappen auf.«

Es wurde Piet zu viel. Er stand auf, rief den Kellner, zahlte und ging. Dabei murmelte er: »Dummheit ist nicht meine Stärke.« Der andere rief ihm nach: »Wenn ich mal jemanden ermorden sollte, sind Sie mein Lieblingsprofiler.« Piet drehte sich noch einmal um. »Dummheit ist nicht meine Stärke«, rief er, diesmal laut. Fast alle im Speisewagen starrten stumm auf ihre Smartphones oder Tablets.

Er ging in den nächsten Wagen, fand einen freien Platz und starrte aus dem Fenster. Die Landschaft, die draußen vorbeizog, schien keine Seele zu haben. Sie war flach und bestand fast nur aus Äckern, Knicks, einzelnen Gehöften und Weideflächen. Sie erinnerte an eine langweilige Auslegware in der endlosen Fluren einer sinnlosen Welt. Er sah sein Gesicht, das sich in der Scheibe spiegelte. »Was bist du eigentlich für ein Mensch?«, flüsterte er. »Wenn ich das wüsste«, antwortete er sich. »Ich kenne nur ein paar Eigenschaften von mir. Gute und schlechte. Viele passen nicht zueinander. Es ergibt sich kein einheitliches Bild. Wollte ich ein Porträt von mir anfertigen, würde ich Picassos Technik der Zerlegung in disparate Teile anwenden, analytischer Kubismus nennt man es, glaube ich. Ich führe fast nur noch Selbstgespräche. Dabei ertappe ich mich immer wieder dabei, mich siezen zu wollen, so fremd bin ich mir inzwischen. Im Übrigen versuche ich, mich auf meinen Tod vorzubereiten, ohne auf ihn zu warten. Das ist keine einfache Sache. Es ist, als ob man das Licht anmachen möchte, um besser sehen zu können, wie man es ausmacht. Man kann auf seinen Todeskampf warten, aber nicht auf seinen Tod. Der Grund ist einfach. Mit dem Tod beginnt das Nichts. Er ist die hauchdünne Wand, die uns vom Nichts trennt. Auf das Nichts kann man nicht warten, weil es nicht existiert. Darum habe ich auch nur Angst vor dem Todeskampf, nicht aber vor dem Tod.«

Kurz nach 21 Uhr war er in Kopenhagen. Die Umsteigezeit in den Zug nach Malmö betrug eine knappe halbe Stunde. Piet Hieronymus ging in die Vorhalle. Vor einem Buchladen standen Kästen mit vielen DVDs, die meisten davon Hardcorepornos, wie man an den Hüllen unschwer erkannte. Fotos zum Beispiel, die unverblümt Oralsex zeigten. Ein älteres Ehepaar stand davor. Beide trugen elegante Kaschmirmäntel. Sie zogen verschiedene DVDs heraus, begutachteten die Fotos und verschwanden schließlich mit einigen von ihnen im Laden.

Auf der Fahrt zur schwedischen Küste fuhr der Zug über die fast acht Kilometer lange Öresundbrücke. Es war wie Fliegen. Piet schloss wegen seiner Höhenangst die Augen und öffnete sie erst wieder, als die Veränderung der Fahrgeräusche verriet, dass man wieder festen Boden unter den Füßen hatte. Kurz nach 22 Uhr hatte der Zug Malmö erreicht. Eine weitere halbe Stunde später saß er im Nachtzug nach Stockholm. Piet hatte sich den Luxus einer Einzelkabine mit Bad geleistet, denn er hätte die Nähe schlafender Menschen nicht ertragen. Er ging in die Bar, trank einen Rotwein und starrte wieder aus dem Fenster. Die Landschaft hatte sich stark verändert. Sie war nicht mehr agrarisch, sondern von Forstwirtschaft geprägt. Es war bereits dunkel. Das Licht aus den Zugfenstern beleuchtete Fichtenstämme. Sie zogen draußen vorbei wie die endlose Phalanx einer geschlagenen Armee auf ihrem Rückzug. Eine große innere Ruhe überkam ihn. Er ging zurück in seine Kabine und legte sich angezogen auf das Bett. Das leichte Schaukeln wie in einem Sarg, von den Trägern über einen unebenen Boden getragen.

Als der Zug siebeneinhalb Stunden später Stockholm erreichte, war es immer noch dunkel. Es war kalt, knapp über null, und es regnete. Feine Tröpfchenschleier hüllten die künstlichen Lichtquellen auf den Straßen ein. Ein Bus stand bereit, um die Reisenden, die nach Finnland weiterreisen wollten, zum Fährterminal Stockholm Stadsgården zu bringen.

Die zwölf Stunden auf dem Schiff verbrachte Piet Hieronymus hauptsächlich an Deck, obwohl ein kalter, scharfer Wind wehte. Das gefiel ihm. Er wollte sich innerlich reinigen. Seine skeptischen Gedanken, die während der Reise mehr und mehr von ihm Besitz ergriffen hatten, seine Zweifel am Sinn dieses Unternehmens, sollten weggeblasen werden. Kurz vor acht legte das Schiff im finnischen Hafen Tukur an. Wenig später saß Piet Hieronymus im IC nach Helsinki. Der Nachtzug nach Rovaniemi fuhr dort kurz nach 23 Uhr ab. Piet war es gelungen, ein Deluxe-Abteil zu bekommen. Es befand sich in der oberen Etage des Doppelstockwaggons. Nachdem er sein Gepäck verstaut hatte, ging er in den Speisewagen. Ein einziger Platz war noch frei. Er setzte sich und bestellte ein Bier. Die Männer an seinem Tisch waren dem Aussehen nach Samen. Sie trugen gut geschnittene Anzüge, arbeiteten an ihren Laptops und tranken Kaffee. Piet dachte daran, wie er vor fast einem halben Jahrhundert wegen jenes Falles der in ihrem Kuppelzelt ermordeten Niederländer in Nordnorwegen in einem Zug nach Oslo saß und zum ersten Mal Samen begegnet war. Sie hatten sich auf der Fähre zwischen Dänemark und Norwegen mit Alkohol eingedeckt, waren bald sturzbetrunken und sangen ihre atonalen Joiks. Wie anders war dieses Bild hier. Er fragte die Männer, was sie da taten. »Wir verfolgen unsere Herden«, lautete die Antwort in bestem Englisch. »Früher haben wir das mit Skiern gemacht. Das war ziemlich anstrengend. Heute können wir die Tiere auf unseren Laptops orten. Einige Tiere haben GPS-Sender um den Hals. So wissen wir immer, wo sie sind. Jetzt sind sie in den Wäldern auf den Winterweideflächen, dort, wo sie noch etwas zu fressen finden, denn auf den Sommerweiden liegt inzwischen eine harte, geschlossene Schneedecke.«

»Darf ich Ihnen ein Bier ausgeben?«, fragte Piet.

»Vielen Dank, aber wir müssen noch arbeiten. Vielleicht später. Aber bestellen Sie sich doch bitte ein Bier auf unsere Rechnung.«

Kurz nach 11 Uhr erreichte der Zug Rovaniemi. Der kleine, schmucklose Bahnhof verriet viel über das, was Piet erwartete. Eine hässliche Kleinstadt, von den Deutschen 1944 vollkommen zerstört, die vielen Holzhäuser abgefackelt, ab 1952 wieder aufgebaut, die Häuser nun aus Beton, wie große Schuhkartons aussehend. Dichtes Schneetreiben verschönerte den tristen Anblick. Als Piet damals in Rovaniemi Einar Berglund besucht hatte, war ihm die Stadt ganz anders vorgekommen, was wohl am vielen Grün zwischen den Häusern und der lauen Sommerluft gelegen hatte. Sie hatten auf der Dachterrasse des Hauses gesessen, in dem Einar wohnte. Seine Frau, eine attraktive Italienerin, hatte ihnen Tomatenbrote mit Mozzarella und Rotwein aus der Toskana kredenzt. Sie waren in Gedanken und mit dem Gaumen in den Süden gereist. Das war der Beginn ihrer Freundschaft gewesen. Jetzt war das vorbei, und zwar so gründlich, dass man glauben konnte, alles nur geträumt zu haben.

Es war dunkel und zugleich taghell. Die vielen Lampen verliehen der Szenerie etwas von einer gut ausgeleuchteten Theaterbühne. Die Betrunkenen an einer Straßenecke sahen aus wie Nebendarsteller in einem Stück von Tennessee Williams. Es war sehr kalt. Kein hoher Himmel, obwohl ein paar blasse Sterne zu sehen waren. Eher eine Art Platte, die wie ein eisiger, grauer Deckel über der Welt lag. Die Kälte hier war anders als die im Süden. Sie war stofflich, wie eine Füllmasse in den Dingen und Lebewesen.

Piet Hieronymus mietete sich in einer kleinen Pension in der Nähe des Bahnhofs ein, billig möbliert im Ikea-Stil. An den Wänden große Farbfotos von einheimischen Motiven: Nordlicht, Elche, verschneite Wälder, Samen vor ihren Koten. Anschließend ging Piet zum Polizeirevier in der Valtakatu und fragte nach Inspektor Mäkinen. Er zeigte seinen Ausweis. Er musste nicht lange warten, bis ihn der Inspektor in sein Büro kommen ließ. Der Raum war hell und teuer möbliert. Da standen immer noch die roten italienischen Ledersessel, die Einar Berglund angeschafft hatte. Sie setzten sich an einen runden Glastisch. Der Inspektor ließ Kaffee und Kekse kommen.

»Wie war der Flug?«

»Ich bin mit der Bahn gekommen.«

»Erstaunlich, dass Sie in Ihrem Alter eine so lange Reise unternommen haben. Sie müssen sehr an Einar gehangen haben. Er war auch bei uns sehr beliebt, obwohl er sich selten auf ein persönliches Gespräch einließ und auch nie auf Veranstaltungen unseres Reviers erschien. Als er in Rente ging, waren die meisten von uns traurig. Er hinterließ eine Lücke, die sich schlecht schließen ließ. Nicht nur sein Sachverstand fehlte, auch seine schweigsame und irgendwie zugleich väterliche Art. Einar hat Sie jedenfalls sehr gemocht.

Er hat viel von Ihnen und Ihren eigenwilligen Untersuchungsmethoden erzählt. Sie wissen vermutlich, dass er bei Kriminalfällen ganz anders vorging als Sie. Er hat hauptsächlich mit dem Kopf gearbeitet und nicht wie Sie mit dem Bauch. So hat es jedenfalls Einar dargestellt. Sie haben sich ausgezeichnet ergänzt. Analyse und Intuition. Die Auflösung jenes mysteriösen Doppelmordes in der Finnmark vor dreißig Jahren war jedenfalls eine großartige Leistung. Wir reden heute noch manchmal davon.«

»Es ist über fünfzig Jahre her.«

»Darf ich fragen, was Sie zu uns geführt hat?«

»Der Tod meines Freundes. Ich glaube nicht, dass es ein natürlicher Tod war. Kein Herzschlag in der Sauna nach Alkoholgenuss.«

Piets Gesprächspartner wirkte irritiert.

»Wir haben bereits darüber am Telefon diskutiert. Ich sagte Ihnen, dass die genaue Todesursache nicht feststellbar war. Der Zustand der Leiche ließ keine Obduktion mehr zu. Aber wir wissen, dass Einar Herzprobleme hatte. Er hatte auch ein Alkoholproblem, jedenfalls in den letzten Jahren. Er ließ sich kaum mehr in der Stadt sehen, lebte völlig zurückgezogen in seiner Hütte im Wald. Was er zum Leben brauchte, ließ er sich hinausbringen. Die leere Zwei-Liter-Chianti-Korbflasche neben seinen sterblichen Überresten spricht Bände.«

»Das stimmt. Aber anders als Sie denken.«

»Wie meinen Sie das?«

»Einar trank keine italienischen Weine, seit ihn seine italienische Frau verlassen hatte. Jemand muss die leere Flasche neben die Leiche gestellt haben, um eine falsche Fährte zu legen.«

Inspektor Mäkinen sah ihn ungläubig an. »Sie scheinen mir doch zu den Kombinierern wie Einar zu gehören. Aber wer sollte so etwas tun? Einar hatte keine Feinde.«

»Abgesehen von denen, die er hinter Gitter gebracht hat. Hat die Spurensicherung noch etwas Auffälliges am Tatort gefunden?«

»Eigentlich nicht. Seltsam war höchstens der Strauß verwelkter Rosen in einer Vase. Einar war eigentlich nicht der Typ, der seine Wohnung mit Blumen verschönert.«

»Wissen Sie, wo er gewohnt hat, wenn er in der Stadt war?«

»In einem Guesthouse namens *Borealis*.«

»So ein Zufall. Da wohne ich auch. Es ist zwar hässlich, aber schön schlicht eingerichtet. Und wo hat Einar eingekauft?«

»In einem Supermarkt in der Nähe des *Borealis*. Im *Kauppatori*. Die haben ihm auch die Waren in seine Hütte gebracht.«

»Und Alkohol? Wie ist er an Wein und scharfe Sachen gekommen?«

»Es gibt hier einige Läden mit einer entsprechenden Lizenz. Ich glaube, er hat im *Alko Oy* gekauft. Vermutlich hatte er aber auch günstigere Quellen. Seitdem Estland in der EU ist, kann eine Privatperson als Eigenbedarf von dort zehn Liter hochprozentigen Alkohol und 90 Liter Wein einführen. Alkohol kostet in Tallinn halb so viel wie in Finnland. Man spart also pro Tour mühelos bis zu fünfhundert

Euro. Die Fähre kostet nicht viel mehr als fünfzig Euro hin und zurück. Sie sehen, ein wirklich gutes Geschäft.«

Mäkinen machte eine Pause. Piet schien es, dass er nach Worten suchte für etwas, das zu formulieren ihm schwerfiel. »Möchten Sie Einars Grab sehen? Es ist eine unscheinbare Platte über der Urne mit seiner Asche. Auf dem Friedhof hinter der evangelischen Kirche.«

»Ja. Das möchte ich unbedingt. Noch lieber aber würde ich seine Hütte sehen. Meinen Sie, dass das möglich ist?«

»Natürlich. Die Hütte gehört niemandem. Einar hat keine Erben. Die genaue Inspektion seitens der Polizei ist abgeschlossen und dokumentiert. Ich werde veranlassen, dass Sie jemand hinausfährt.«

Schnee hatte die Urnengräber unter sich begraben. Der Inspektor wusste genau, wo Einars Grabplatte lag. Er wischte sie frei. Eine Weile standen sie beide davor. Piet hatte die Hände gefaltet, obwohl er nicht religiös war. Er fror. Die ganze Kälte dieser Welt schien aus dem kleinen Grab zu kommen. Sie legte sich auf sein Gemüt und verhinderte, dass er so etwas wie Trauer empfand. Außerdem war er davon überzeugt, dass es nicht Einar war, der unter dieser unscheinbaren grauen Marmorplatte lag, auch wenn sein Name auf ihr eingraviert war.

3

Der Himmel war bedeckt von tief hängenden Schneewolken. Keine Chance auf Nordlicht, dachte Piet. In den Straßen von Rovaniemi hing bereits die Weihnachtsdekoration. Zwischen den Laternenmasten Leuchtketten und Wintermotive, große Schneekristalle aus Glas, eloxierte Rentierschlitten. Ein alkoholisierter Weihnachtsmann torkelte Piet entgegen und grölte ihm in einer Sprache nach, die er nicht verstand. Den Abend verbrachte er in zwei Lokalen. Erst verzehrte er im *Kotipizza* eine Margherita, die erstaunlich gut war. Anschließend trank er Bier in einem Pub, das sich *Hemingway's* nannte. Der amerikanische Schriftsteller war Einars Lieblingsautor.

Nach einer unruhig verbrachten Nacht frühstückte Piet im spartanisch eingerichteten, völlig überhitzten Speisezimmer. Das Buffet war reichlich gedeckt mit fetten Sachen, Lachs, Räucherfisch, Rentierschinken. Es gab aber auch Marmelade von Moltebeeren. Ein kleines Mädchen stand neben Piet und schaufelte sich große Mengen Wurst und mehrere Löffel Nutella auf den Teller. Es hatte glänzende Augen, nicht vor Vorfreude, sondern weil es Fieber hatte, wie Piet feststellte, als er die Stirn des Kindes mit der flachen Hand berührte.

»Warst du denn schon im Weihnachtsdorf?«, fragte Piet auf Deutsch.

»Nein. Aber wir wollen morgen hin.«

»Glaubst du an den Weihnachtsmann?«

»Nein, und du?«

»Ich auch nicht.«

Das Mädchen nahm wie selbstverständlich Piets Hand. Eine besorgt wirkende Mutter näherte sich.

»Sie sollten Ihre Tochter besser ins Bett stecken«, sagte Piet. »Sie hat hohes Fieber, wahrscheinlich hat sie sich erkältet in dieser merkwürdigen Welt, in der es abwechselnd sehr warm und sehr kalt ist.«

»Wir haben eine Tour mit dem Rentierschlitten gebucht«, sagte die Frau. »Trotzdem vielen Dank für den Hinweis. Wir werden Nadja schön einpacken.«

Die meisten Gäste in der Pension waren Touristen aus den verschiedensten Ländern, die unbedingt weiße Weihnachten erleben wollten. Das nahe gelegene *Santa Claus Village* bot Fahrten mit von Rentieren gezogenen Schlitten an. Auch die Möglichkeit, die Aurora borealis zu erleben, gehörte zu den Attraktionen. Dafür nahmen diese Menschen Kälte, Dunkelheit und hohe Preise in Kauf.

Um 10 Uhr holte ihn, wie verabredet, ein Geländefahrzeug der Polizei ab. Es war noch dunkel. Die Sonne würde erst in einer Stunde aufgehen und für zwei Stunden diese nordische Welt in rötliches Dämmerlicht tauchen. Piet bat den Fahrer, beim *Kauppatori* zu halten. Er wolle sich mit Nahrungsmitteln eindecken. Er kaufte hauptsächlich Dosen mit Fertiggerichten, Corned Beef und Brot. Auch beim *Alko*

Oy hielten sie. Piet erstand eine Kiste Bier, mehrere Flaschen Rotwein, einige Flaschen finnischen Wodka und einen sündhaft teuren Champagner. Dann fuhren sie mit Schneeketten Richtung Westen.

Über einen schmalen Forstweg erreichten sie Einars Hütte. Ein Rundbohlenhaus, offenbar sehr alt. Die Tür war nicht abgeschlossen, wie es üblich war in dieser Gegend. Der wortkarge Fahrer brachte die Waren hinein und verabschiedete sich mit einem Händedruck von Piet Hieronymus.

Als Piet den Innenraum betrat, schlug ihm ein modriger Geruch entgegen. Im Schein seiner Taschenlampe entdeckte er eine Petroleumlampe an der Wand. Ihr Tank war gefüllt, und er entzündete sie. Dann sah er sich um. Die Einrichtung war primitiv: ein Kaminofen, ein Holztisch, zwei Stühle, eine Pritsche an der Wand, ein Regal mit ein paar Büchern, ein schmaler Kleiderschrank, eine Kommode mit Geschirr, Besteck und Töpfen, auf der ein alter Petroleum-Primuskocher stand. Es gab kein Wasser und keinen Strom, keine Toilette. Ein abgeteilter, kleiner fensterloser Raum diente als Sauna. Auf den Holzboden waren mit Kreide die Umrisse eines Menschen gemalt. Die Chiantiflasche war nirgends zu sehen, aber der verwelkte Blumenstrauß war immer noch da. Ein Kranz abgefallener vertrockneter Blütenblätter umgab die Vase. Piet nahm ihn und warf ihn vor die Tür.

Im Brennraum des Kaminofens war alles für ein Feuer vorbereitet, Papier, Anmachholz, einige Buchenscheite. Piet zündete das Papier an, setzte sich an den Tisch und sah zu, wie die Flammen hinter der Glasscheibe zu züngeln begannen. Eine große Ruhe überkam ihn. »Einar«, flüsterte er. »Ich bin bei dir zu Gast. Erzähl mir, was passiert ist.«

Wind war aufgekommen und wirbelte Schnee vor dem einzigen Fenster auf, das zum See hinausging. Irgendwann trat er vor die Tür und leuchtete mit der Taschenlampe in die Nacht. Im Lichtkegel tanzten die Flocken. Mit einem Eimer holte er Schnee in die Hütte. Dann brachte er mit einiger Mühe den Kocher in Gang und setzte einen großen Topf mit Schnee auf. Er öffnete eine Dose Corned Beef und schnitt sich eine Scheibe Räucherspeck ab. Dazu trank er Bier. Das war sein Mittagessen. Es schmeckte ihm besser als ein Menü in einem Dreisternerestaurant.

Die kurze Tageslichtphase um die Mittagszeit nutzte Piet, die Umgebung der Hütte zu erkunden. Er hatte Schneeschuhe in einem Schuppen hinter der Hütte gefunden und schnallte sie sich um. Dann machte er sich zum See auf, dessen rosa schimmernde Fläche man zwischen den Bäumen leuchten sah. Der Pfad zum Gewässer führte an einem großen hölzernen Zuber mit Deckel vorbei. Seitlich war ein eiserner Ofen mit einem kurzen Ofenrohr montiert. Ein Badezuber, in dem Einar wohl des Öfteren gesessen hatte, mit einem Glas Rotwein in der Hand und beherrscht von einer gemischten Empfindung irgendwo zwischen Euphorie und Resignation. Einar war genau wie Piet ein Freund gemischter Empfindungen. Das hatte sie von Anfang an verbunden.

Der See war gefroren, aber Piet traute sich nicht aufs Eis hinaus. Er betrat den kleinen Steg und sah sich um. Ein Ruderboot lag auf dem Ufer. Auch die Riemen waren da. Einar hatte es sicher zum Angeln benutzt.

In den nächsten Tagen und Nächten gewöhnte sich Piet Hieronymus an seine neue Bleibe. Er stand auf und ging ins Bett und aß und trank, wann immer es ihm passte. Es stellte sich, auch aufgrund der Lichtverhältnisse, kein fester Rhythmus ein. Am dritten Tag heizte er zum ersten Mal den Saunaofen. Nachdem er lange genug geschwitzt und sich anschließend in den Schnee geworfen hatte, legte er sich nackt auf die Umrisszeichnung und schloss die Augen. »Ich spüre, der Tote warst nicht du, Einar«, sagte er laut.

Er rasierte sich nicht mehr, ließ sich vielmehr einen Bart stehen. Es gab hier sowieso keinen Strom für einen Rasierapparat. Der Bart war eisgrau. Als er vor etlichen Jahren ebenfalls einen Bart getragen hatte, war er schwarz gewesen. »Ich mache meinem Namensvetter, dem heiligen Hieronymus, alle Ehre«, dachte er. »Ich lebe wie ein Eremit. Ich bin ein Kirchenvater des Atheismus. Nur mit der Askese klappt es nicht so recht. Und ein Löwe, der mir zu Füßen liegt, fehlt ebenfalls.«

Unter den Büchern auf dem Regal waren auch einige in deutscher und englischer Sprache. Er las sie alle. Mehrmals beschlich ihn ein Gefühl, nicht allein zu sein. »Bist du es, Einar?«, rief er einmal laut, nachdem er ein Geräusch aus dem Saunaraum gehört hatte. Er stand auf und sah nach. Im Licht der Petroleumlampe sah er ein Tier, groß wie eine wohlgenährte Ratte, über den Boden huschen und im offen stehenden Aschekasten des Saunaofens verschwinden.

Kurz vor Weihnachten rief er im Supermarkt an und ließ sich Nachschub kommen. Gebeizten Lachs, gepökelten Rentierschinken, marinierte Heringe, Heringssalat, einen tiefschwarzen Bitterlikör, *Salmiakki* genannt, und mehrere Flaschen *Glögi*, finnischen Glühwein. Außerdem Kerzen, Kerzenhalter und Weihnachtsschmuck. Er fällte eine kleine Tanne und dekorierte sie. An Heiligabend bereitete er sich ein festliches Weihnachtsessen. Als er später ins Freie trat, gab es ein enormes Spektakel am Himmel: ein Nordlicht, das mit seinen wehenden grünen Bändern die tiefschwarze Unendlichkeit mit den Bordüren eines den ganzen Himmel bedeckenden Theatervorhangs verzierte. Piet Hieronymus stand mit einem Becher Glühwein vor der Tür und starrte das Schauspiel an. Er ertappte sich bei dem Bedürfnis, Weihnachtslieder zu hören, holte sein Handy und stellte die Radiofunktion ein. Doch dann schaltete er das Gerät wieder aus, denn ihm war eingefallen, dass er den Akku schonen musste. Es gab hier keine Möglichkeit, ihn aufzuladen.

Am zweiten Weihnachtsfeiertag bekam Piet Besuch. Es war Aino Mäkinen, der Inspektor. Er hatte eine Tüte mit Weihnachtsgebäck dabei.

»Gemütlich haben Sie es hier. Sie scheinen sich gut eingelebt zu haben.«

»Darf ich Ihnen ein Glas Glögi anbieten?«

»Nur ein halbes Glas bitte. Ich muss ja fahren. Ich wollte Sie fragen, ob Sie den Jahreswechsel in meiner Familie verbringen wollen. Meine Frau und meine Kinder würden sich freuen. Es gibt ›Janssons Versuchung‹, das ist unser traditionelles Silvesteressen, ein Kartoffelauflauf mit Zwiebeln und Anchovis.«

»Wirklich sehr nett von Ihnen. Ich möchte aber lieber hierbleiben. Wer weiß, wie viele Jahreswechsel ich noch erlebe. Aber erlauben Sie mir noch eine Frage: Wie Sie wissen, glaube ich nicht, dass der Tote, den Sie hier gefunden haben, Einar war. Ich könnte mir vorstellen, dass mein Freund noch lebt, aber schwer dement ist. Dazu passt, dass er in seinem letzten Brief an mich über Gedächtnisprobleme geklagt hat. Deshalb meine Frage: haben Sie bei den umliegenden Pflegeheimen Nachforschungen nach ihm anstellen lassen?«

»Nehmen Sie es mir nicht übel, aber ich halte das für eine fixe Idee von Ihnen. Einar ist tot. Da bin ich mir absolut sicher. Hier ist meine Privatnummer, falls Sie es sich mit Silvester noch anders überlegen.«

Als Aino Mäkinen wieder gefahren war, zündete Piet den Weihnachtsbaum an und starrte in die Kerzenflammen, bis sie niedergebrannt waren. Er schwitzte, denn es war sehr warm in der Hütte. Ihm war wenig feierlich zumute, doch der *Salmiakki* spendete ihm Trost. Am Tag vor Silvester traute er sich während der kurzen Tageslichtphase mit seinen Schneeschuhen auf den von Schnee bedeckten zugefrorenen See hinaus. Hin und wieder hörte man peitschende Töne oder tiefe Klagelaute, die von der Spannung herrührten, unter der die Eisdecke stand. Es gab viele Fährten von

Tieren, darunter die vom Elch, vom Fuchs, vom Vielfraß und von der Nutria. Spuren von Menschen gab es nicht. Der böige Wind wirbelte immer wieder Schnee auf. Man konnte sich einbilden, in einer riesigen Schneekugel zu sein, die ein unsichtbarer Riese schüttelte.

Irgendwann wurde das Schneetreiben so dicht, dass Piet den Waldrand nicht mehr sehen konnte. Wenn ich jetzt sterbe, wird es sein, als fiele ich in einen weißen Abgrund, sagte er sich. Seit er in Einars Hütte war, nahm er seine Tabletten nicht mehr, weder die Blutdrucksenker noch den Cholesterinsenker, noch den Blutverdünner. Die Dunkelheit kam, schnell und unerbittlich. Die Schneeflocken verloren ihr Weiß. Sie glichen jetzt grauen Nachtfaltern, die sein Gesicht mit ihren zarten Flügeln sanft berührten. Er hatte seine Taschenlampe vergessen. Die Kälte kroch unter seine Kleidung. Es fühlte sich an, als wäre seine Haut mit einer Kruste aus Eis bedeckt. Erfrieren soll ein angenehmer Tod sein, dachte er. Es kommt dabei zur sogenannten Kälteidiotie. Kurz vor dem Exitus wird einem unerträglich warm, und man beginnt, sich die Kleider vom Leib zu reißen. So weit war es noch nicht. Er stolperte weiter in die Dunkelheit hinein. Warum hing er eigentlich immer noch am Leben, oder war es nicht vielmehr so, dass das Leben an ihm hing wie eine Klette? Die Schneeschuhe hinderten ihn am Vorankommen. Er zog sie aus und rannte weiter. Aber wohin? Er hatte jegliche Orientierung verloren. Plötzlich sah er in der Ferne einen Lichtschimmer. Er hielt darauf zu. Bald erreichte er das Ufer, und dann erkannte er die Hütte zwischen den Bäumen. Das Licht kam aus dem Fenster. Als er die Hütte betrat, sah er, dass die Petroleumlampe brannte. Er war sich sicher, dass er sie ausgemacht hatte, bevor er die Hütte verließ. Oder war auch sein Gedächtnis dabei, ihn zu verlassen?

4

Am letzten Tag des Jahres holte Piet das tiefgefrorene Lachs-
filet herein und legte es in einen großen Topf voller Wasser,
den er neben den Ofen stellte. Während er wartete, dass der
Fisch auftaute, trank er Wodka und badete in einem See gemischter Gefühle. Würde morgen sein letztes Lebensjahr an-
brechen? Ein Gedanke, der ihn in keiner Weise beunruhigte.
Nachdem er den Lachs verzehrt hatte, überkam ihn eine
lang vermisste Stimmung von Zufriedenheit. Er öffnete den
Champagner und schenkte sich ein großes Glas ein. »Mein
Dinner for one«, sagte er. »Konsequent, auf die Dame zu verzichten. Damen haben mir immer nur Unglück gebracht.«

Es war sehr warm in diesem Beichtstuhl am Ende der
Welt, in dem er jetzt versuchte, so etwas wie ein Resümee
seines Lebens zu ziehen. Erinnerungen kamen und gingen,
verschmolzen, zerfielen und stoben wieder auf und davon.
»Ich war das Musterbeispiel eines Muttersöhnchens. Meinen Vater habe ich nie wirklich gekannt, das war ein Vorteil.
Deshalb verstehe ich bis heute nicht, was männliche Auto-
rität ist. Meine Mutter hat mich beherrscht, weit über ihren
Tod hinaus. Ich vermute, dass sie lieber eine Tochter gehabt
hätte. Viele Frauen haben mir bestätigt, dass ich weibliche

Züge in meinem Wesen habe. Ich habe eine weibliche Intelligenz, ein feminines Einfühlungsvermögen, das mir in meinem Beruf als Kriminalist häufig beigestanden hat. Dennoch hatte ich immer eine latente Sehnsucht, ein richtiger Mann zu sein. Deshalb hat es mich wahrscheinlich auch zur Kriminalistik hingezogen. Verbrecher sind Musterexemplare echter Männer, auch weibliche Verbrecher. Vielleicht habe ich sie verfolgt, weil ich meinen Vater gesucht habe.«

Er trank abwechselnd Champagner und Wodka. Je betrunkener er wurde, desto mehr verflog seine anfängliche Zufriedenheit, desto mehr bedauerte er sich und sein Leben. »Ich habe versagt. Was habe ich eigentlich zuwege gebracht? Einigen Mördern das Handwerk gelegt. Das hätten auch andere fertiggebracht. Meine Beziehungen zu Frauen endeten immer in einem Fiasko.«

Er ging hinüber in den Saunaraum. Neben der Tür hing ein kleiner Spiegel, besser gesagt eine Spiegelscherbe, vor der sich Einar wohl hin und wieder rasiert hatte. Piet beugte sich vor. Sein Gesicht erschien, ein stark gerötetes Fragment. Er grinste unsicher, verlegen, beschämt.

Später verließ er die Hütte. Die beißende Kälte modellierte seine Gestalt. Sie war aus Glas. Eine Phiole voller Blut, Urin und Lymphe. Kalkiges Mondlicht schmückte die beschneiten Tannen, darüber jagende Wolkenfetzen. Er wollte zum See. Als er an dem Holzzuber vorbeikam, verspürte er den Wunsch, ein warmes Bad zu nehmen. Zurück ins Fruchtwasser. Er öffnete die Ofenklappe, auch hier war, wie es im hohen Norden üblich ist, alles für ein Feuer vorberei-

tet. Papier, Tannenzweige, Holz. Dann schob er den Holz-
deckel des Bottichs beiseite. Er war randvoll mit nacht-
schwarzem, onyxfarbenem Eis. Es würde Stunden dauern,
bis das Eis getaut war. Er beugte sich weit über den Rand.
Sein Kopf als Schatten, umgeben von fahlen Schleiern gespiegelten Mondlichts, hierhergerollt aus den Weiten des
Alls. Da war noch etwas anderes in der Tiefe dieses Onyx-
brunnens, etwas, das ihn grinsend anstarrte mit einem höh-
nischen Blick aus weit aufgerissenen Augen. Er erschrak so
sehr, dass er zurückfuhr und zurück zur Hütte rannte. Kurz
bevor er sie erreichte, stürzte er auf dem glatten Weg. Piet
stützte sich auf, wollte sich erheben. Es gelang ihm nicht.
Immer wieder brach er zusammen. Schließlich robbte er auf
allen vieren zur Tür. Als er im warmen Raum war, kam der
Schmerz. Er glich einem wütenden Tier, das sich in seinen
Oberschenkelknochen verbiss. Er tastete seine Beine ab. Die
linke Hüfte war angeschwollen, das linke Bein unnatürlich
verdreht, der Fuß abgewinkelt, sodass er parallel zum Boden lag, obwohl er aufrecht saß.

Unter satanischen Schmerzen zog er sich am Stuhl hoch
und setzte sich. Neben der Wodkaflasche lag das Handy.
Der Akku war fast leer. Er nahm einen großen Schluck aus
der Flasche. Dann fingerte er einen kleinen Zettel aus seiner
Hosentasche und rief Aino Mäkinen an. Er hörte im Hintergrund den Lärm einer Silvesterparty. Musik, fröhliche Kin-
derstimmen, dann: »Mäkinen am Apparat. Sind Sie es, Piet?
Ich glaube, ich habe Ihre Nummer erkannt. Erst mal ein
frohes neues Jahr. Haben Sie es sich anders überlegt? Ich
fürchte, ich bin zu betrunken, um Sie zu holen.«

Piet stöhnte: »Ich glaube, ich habe mir das Bein gebrochen. Sie müssen den Notarzt schicken.«

Es dauerte keine Stunde, aber sie erschien Piet unendlich lang. Mäkinen war mitgekommen. Man hatte ihn gebraucht, um die Hütte zu finden. Der Sanitäter gab ihm eine Spritze gegen die Schmerzen. Eine weitere Stunde später war er im *Lappi Central Hospital* von Rovaniemi. Ein freundlicher Assistenzarzt untersuchte ihn. Dann wurde eine Röntgenaufnahme des linken Beins gemacht. »Wir operieren Sie sofort«, sagte der Assistenzarzt. »Sie haben Glück, dass Oberarzt Simon, unser bester Mann, Silvesterdienst hat. Er ist übrigens ein Landsmann von Ihnen.«

Man schob Piet in die Anästhesie. Er sah die Luftbläschen in der Flasche mit dem Betäubungsmittel. Winzige Ballons, die in einen diffusen Himmel stiegen. Wie schon oft im Leben versuchte er den Übergang in die Bewusstlosigkeit zu registrieren. Wie immer vergeblich. Die Wolke hatte sich schon auf sein Ich gesenkt.

Als er aufwachte, blickte er in den bläulich leuchtenden Himmel eines Monitors. Rhythmisches Piepen, Linien mit Zacken, ein wandernder Punkt: Herzfrequenz, Sauerstoffsättigung, Blutdruck, Temperatur. Er spürte den leichten Zug von Kabeln, die auf den Brustkorb geklebten Elektroden, den Schlauch in der Nase. Piet war die Situation nicht neu. Das Ich wurde zu einem Teil einer komplexen technischen Apparatur, die es wie ein Netz umgab, ein gefangenes, verletztes Insekt, das hilflos auf den Biss der Spinne wartete. Ein Kopf erschien am Rand seines verengten Blickfeldes. »Wie fühlen Sie sich?«, fragte eine ferne Stimme. »Ausgezeichnet«, flüsterte Piet. »Ein frohes neues Jahr.« Auch seine Stimme klang, als käme sie von weit her.

»Wir haben fünf Stunden operiert. Ich habe noch nie einen so extremen Trümmerbruch gesehen. Wir behalten Sie für den Rest der Nacht auf der Intensivstation. Morgen verlegen wir Sie auf ein Zimmer.«

Der Kopf verschwand. Piet schloss die Augen. Das Nachbild des Monitors erleuchtete die Dunkelheit. Er schlief ein. Der schwarze Leib der Spinne pumpte wie ein Herz und sog das Blut aus seinen Adern. Plötzlich sah er in all der teerigen Nacht wieder jenes gefrorene Gesicht. Es kam ihm bekannt vor. Die Züge waren verzerrt, der Blick starr und durchdringend, das Lächeln zynisch. Ob es das Gesicht einer Frau oder eines Mannes war, vermochte er nicht zu entscheiden.

5

Piet erwachte in einem abgedunkelten Raum. Das dämm-
rige Licht war künstlich. Neben seinem Bett hing an einem
Galgen ein Beutel mit einer roten Flüssigkeit. Ein dünner
Schlauch führte von dort zu seinem Unterarm.

»Wie geht es Ihnen? Sie haben sehr viel Blut verloren
während der Operation. Ungefähr zwei Liter. Das meiste
ist in Ihr Bein geflossen.« Die Stimme kam von jemandem
außerhalb seines Blickfeldes. »Sie haben eine mehrfragmen-
täre, eingestauchte Schenkelhalsfraktur mit pertrochantärer
Fraktur. Eine nicht unerhebliche Verletzung. In Ihrem Alter liegt die durchschnittliche Letalität bei 25 Prozent der
Betroffenen. Sie haben Glück im Unglück gehabt. Zufällig
hatte Oberarzt Simon Wochenenddienst. Er hat die Operation persönlich geleitet. Er ist besessen, ein echter Künstler.
Wenn Sie mich fragen, er hat ein wahres Kunstwerk geschaf-
fen. Wie eine aus den Knochenresten in einer antiken Grab-
stätte mit Draht, Schrauben und Nägeln hergestellte Rekon-
struktion der ursprünglichen Form des Oberschenkels. Sie
müssen jetzt viel Geduld haben, bis aus Ihrem fragilen Bein
durch Knochenwachstum wieder ein belastbarer Teil Ihres
Bewegungsapparates wird. Eine Krankengymnastin wird

sich um Sie kümmern. Es ist gut, wenn man möglichst früh damit beginnt, das verletzte Bein zu bewegen und behutsam zu belasten, ohne dass alles wieder in die Brüche geht. Sie müssen sehr vorsichtig sein. Stellen Sie sich, wenn Sie sich bewegen, immer vor, Sie würden ein rohes Ei auf einem Besenstiel balancieren. Ich denke, dass wir Sie in einer Woche in die Reha-Abteilung verlegen können.«

Während die Stimme weiter auf ihn einredete, kam der Schmerz zurück, erst ganz allmählich, da die Infusion des starken Mittels, das er während der Operation erhalten hatte, noch wirkte. Dann stieg er wie eine innere Flut und überspülte seine Seele und seinen Leib immer mehr. Piet zwang sich, nicht zu stöhnen. Tränen flossen über seine Wangen. Eine Schwester beugte sich über ihn. »Nehmen Sie das hier. Es wirkt sehr schnell.« Es war eine kleine blaue, eckige Tablette, die in einem Plastikbecher lag. Er schluckte sie und trank auf Geheiß der Schwester viel Wasser dazu. Es dauerte nur wenige Minuten, und der Schmerz wandelte sich. Er war plötzlich flüssiges Blei, das zischend in seinem Blut aushärtete wie die Bleifiguren an Silvester, aus denen man die Zukunft liest.

Immer wenn Piet bewegungslos im Bett lag, waren die Schmerzen auszuhalten. Sie füllten ihn dann ganz und gar aus, waren genauso groß wie sein Körper, und das machte sie milder. Wehe aber, er musste sich bewegen, sei es beim Waschen, sei es bei der Stuhlentleerung, dann zog sich der Schmerz zusammen und verrutschte wie eine schlecht verzurrte Ladung in einem Schiff, verletzte seine Haut von innen, zertrümmerte seine Knochen. Die Schwester, die die

Bettpfanne unter ihn schob, die ihn dann aufrichtete und festhielt, die ihm anschließend den Hintern wusch, trocknete und eincremte, all das war Folter. Auch wenn man ihn auf einem Rollstuhl ins Badezimmer rollte und von oben bis unten reinigte, hätte er schreien können, aber die Erziehung ließ ihn stumm bleiben. Noch schlimmer wurde es, als man ihn zum Röntgen in die Radiologie schob und er vom weichen Bett auf eine harte Pritsche gewuchtet wurde, als man ihn auf die Seite drehte, damit der Röntgenapparat die operierten Gliedmaßen erfassen konnte. Er stellte sich vor, er sei ein Baum voller schreiender Vögel mit aufgerissenen Schnäbeln. Er rüttelte am Stamm, damit die Vögel herabfielen, aber immer mehr kamen, ein ganzer Schwarm. Als man am nächsten Tag ein MRT veranlasste, da die Röntgenaufnahmen unbefriedigend waren, bat er vorher um eine doppelte Dosis des Opiats, dieser kleinen blauen Scherben eines geborstenen Sommerhimmels.

Etwas Gutes hatten die Qualen. Sie zerstörten sein Schamgefühl. Wenn er ins Bett schiss, wenn man ihn säubern musste wie ein Kleinkind, das seine Schließmuskeln noch nicht beherrschte, dann hätte er früher darunter gelitten, jetzt hatte es etwas von einer Selbstverständlichkeit, die seinen Schmerzen zu verdanken war. Eigentlich sind Schmerzen das, was einem am deutlichsten die eigene Existenz vermittelt, dachte er einmal. Ich habe Schmerzen, also bin ich, müsste es heißen.

Da seine Hämoglobinwerte im Keller waren, entschieden sich die Ärzte zu einer erneuten Bluttransfusion. Das Beschaffen der Beutel erwies sich als schwierig, da er eine sehr seltene Blutgruppe hatte. Schließlich wurde man in Helsinki fündig. Er war inzwischen bleich wie Wachs. Die Schwester hatte Mühe, einen Zugang zu legen. Sie stocherte in seinem Unterarm herum, so schwer war es geworden, eine Vene zu finden. Sie weinte dabei, denn sie fühlte sich in ihrer Berufsehre verletzt.

Er fand heraus, dass er seine Schmerzen etwas verringern konnte, wenn er mit der Fernbedienung die Form des Bettes veränderte, den Rücken steiler stellte und den unteren Teil der Matratze so anhob, dass die Knie in Brusthöhe lagen. Als sein Zimmernachbar laut zu reden begann, musterte er ihn. Er war ein Mann mittleren Alters, der Piet bekannt vorkam. Nach einer Weile erkannte er ihn. Es war der Familienvater aus dem *Borealis*, der mit seiner Frau und seiner Tochter vor Weihnachten eine Schlittenfahrt gebucht hatte. Der Mann war offenbar hocherfreut, dass er sich in seiner Muttersprache äußern konnte, und so erfuhr Piet, dass der Schlitten damals verunglückt war, einfach in einer Schneeverwehung umgekippt. Der Fahrer sei betrunken gewesen. Niemandem war etwas passiert, außer dem Familienvater, der sich einen Bruch des Unterschenkels und eine tiefe Fleischwunde zugezogen hatte.

Sein Mitbewohner redete pausenlos, wenn er nicht gerade auf dem Flachbildschirm ein Fußballspiel verfolgte. Er erzählte, dass er in Wismar ein Fischrestaurant besitze, dass die Fangquote sein Geschäft ruiniere. Es gäbe nur noch einen einzigen Fischer im Hafen, sonst kaufe er alle Ware tiefgefroren im Großhandel. In der DDR sei alles besser gewesen. Damals sei alles nach Ethik gegangen, heute nur noch nach Geld. Piet fragte stöhnend, ob bei den Mauertoten auch Ethik im Spiel gewesen sei. Keine Reaktion. Dann kamen die Frau und die Tochter. Das Mädchen baute sich vor Piet auf und betrachtete ihn mitleidig. »Warum stöhnt der Onkel dauernd?«, fragte es die Mutter. »Er hat große Schmerzen, Nadja.« – »Wie Pappa. Warum stöhnt Pappa nicht?« – »Weil er sich zusammennimmt.«

Plötzlich tat das Mädchen etwas Unerwartetes. Es legte seine kleine feuchte Hand auf Piets Stirn und sang: »Heile, heile Segen, drei Tage Regen, drei Tage Schnee, dann tut es nicht mehr weh.« Und, o Wunder, die Schmerzen ließen tatsächlich nach.

Die Familie kam jeden Tag, und jedes Mal bat Piet die kleine Nadja, den Zauberspruch zu wiederholen. Was Piet aber vor allem eine unerwartete Erleichterung verschaffte, war Hue, eine zierliche, asiatisch aussehende Frau. Sie war anders als die sonstigen Schwestern, auch wenn sie sich alle redliche Mühe gaben. Sie verfügten jedoch nicht über Hues Talent, einen Menschen anzufassen, ohne ihm das Gefühl zu vermitteln, ein Pflegefall zu sein. Sanftheit und Festigkeit der Berührung durch ihre Hände hielten sich so exakt die Waage, dass bei Piet keinerlei Unsicherheit darüber entstand, ob ihm in solchen Momenten mehr professionelle Hilfe oder mehr menschliche Anteilnahme zuteil wurde. Er zeigte deutlich, wie gut ihm ihre Pflege tat, lächelte sie an, wenn sie das Krankenzimmer betrat. Sie hingegen ließ nicht erkennen, ob sie die Wirkung wahrnahm, die sie auf Piet ausübte. Sie blieb reserviert, doch unter dieser Fassade glaubte Piet zu spüren, dass Hue sich darüber freute. »Woher kommst du?«, fragte er einmal. »Aus Vietnam. Aber ich bin hier aufgewachsen.« – »Was heißt Hue?« – »Es heißt Lilie.«

Jeden Tag wurde Piet Blut abgenommen. Nach einer Woche erschien der Chefarzt mit seiner Assistentin, einer schönen Iranerin. »Sie machen uns Sorgen, Herr Hieronymus«, sagte sie. Ihre großen Mandelaugen ruhten auf ihm. »Ihre Wunde nässt sehr stark, und ihr Entzündungswert ist viel zu hoch. Wir werden einen Abstrich machen und ins Labor einschicken.«

Zwei Tage später waren die beiden Ärzte wieder da. Schon an ihren Mienen erkannte Piet, was das Ergebnis der Laboruntersuchung war. »Sie haben Pech, Herr Hieronymus«, sagte die Assistentin. »Die Wunde ist tatsächlich von einem Keim befallen. Von Staphylokokken mit dem schönen Namen Finegoldia magna. Diese Bakterien finden sich überall auf der Haut und im Urogenitaltrakt. Normalerweise führen unsere strikten Hygienevorschriften während der OP dazu, dass sich die Wunde nicht infiziert. In Ihrem Fall ist das bedauerlicherweise offenbar nicht gelungen. Man kann diese Bakterien mit Antibiotika behandeln. Aber wir müssen in Betracht ziehen, dass sie resistent sein können. Wir haben daher entschieden, neben dem normalen Antibiotikum Penicillin noch ein sehr teures Reservebios einzusetzen. Nun heißt es abwarten, ob die Behandlung anschlägt. Schlimmstenfalls müssen wir die Metallteile aus den Knochen wieder entfernen, da Finegoldia die unangenehme Neigung hat, auf Metalloberflächen einen schleimartigen Überzug zu bilden. Wir würden diesen Schritt gerne vermeiden, da wir nicht wissen, wie sich die mürbe Knochensubstanz dann verhalten würde. Notfalls …« Sie schwieg. Der Chefarzt lächelte beruhigend. »Notfalls bleibt nur die Amputation«, ergänzte Piet. »Wir wollen nicht gleich das Schlimmste annehmen«, sagte der Chefarzt mit seinem gewinnenden Kinderlächeln »Sie müssen positiv denken. Das ist als Heilfaktor nicht zu unterschätzen.«

Sie gingen und ließen Piet in einem Zustand tiefer Verwirrung zurück. »Das nenne ich Pech gehabt«, ließ sich sein Zimmernachbar vernehmen. Piet war froh, nicht aufstehen zu können, sonst hätte er womöglich eine Straftat begangen. In diesem Moment erschienen Mutter und Tochter. Die kleine Nadja näherte sich dem Bett Piets und musterte ihn lange. »Dem Onkel geht es nicht gut«, meinte sie mit fröhlicher Stimme. Ehe sie wieder »Heile, heile Segen« sagen konnte, rief die Mutter: »Lass den Mann in Frieden. Er will bestimmt schlafen.«

6

Bei der nächsten Visite erschien nur die iranische Assistenzärztin. Sie setzte ein mildes Lächeln auf. »Das Team hat entschieden, dass wir vor dem Beginn der Antibiose die Wunde spülen sollten. Natürlich unter Vollnarkose. Sie müssen also wieder in den OP. Die Wunde wird geöffnet und gespült, und dann wird ein Schwamm eingebracht, von dem ein Schlauch abgeht, der an eine kleine Saugpumpe angeschlossen wird. So kann das Sekret abgeleitet werden. Wir erhoffen uns von der Maßnahme eine schnellere Heilung.«

Kurz danach kam ein Pfleger und schob Piet im Bett durch endlose Gänge zum Fahrstuhl und in den Operationssaal. Man begrüßte ihn freundlich wie einen alten Bekannten. Dann die Tortur der Umbettung auf den OP-Tisch, der Anschluss an die Monitore, das Warten auf das plötzliche Schwinden des Bewusstseins.

Als er wieder aufwachte, befand er sich in einem großen Raum, der offenbar als Lager für OP-Tische und anderes medizinisches Gerät diente. Die Schmerzen kamen heftiger denn je zurück. Die Zeit verging ruckweise, schon über eine halbe Stunde war verstrichen in Form kleiner, zusammengepresster Ewigkeiten. Er zählte die Tische, die Geräte, die

Elemente der Deckenleuchten, versuchte, um sich abzulenken, Strukturen zu erkennen. Hatte man ihn vergessen? Als eine Putzfrau vorbeieilte, rief er ihr zu, man möge doch bitte nach ihm sehen. Nach weiteren Ewigkeiten kam eine Schwester und schob ihn in den Gang zum Fahrstuhl. »Wir haben schon mehrfach auf Ihrer Station angerufen. Sie werden sicher gleich geholt.«

Man brachte ihn in ein anderes Zimmer. Ein Einzelzimmer. War das ein schlechtes Zeichen? War sein Zustand so kritisch? Doch er war froh, nie wieder Zaubersprüche, nie wieder etwas über Ethik hören zu müssen, nie mehr jemanden ertragen zu müssen, der dabei zusah, wenn ihm der Hintern gereinigt wurde. Eine Schwester erschien und installierte die Infusion. Ständer, Flasche, Schlauchklemme, Schlauch. Ein anderer Schlauch führte aus der Wunde in ein kleines, surrendes Gerät, dessen Tank sich mit einer rötlichen Flüssigkeit zu füllen begann. Er lehnte sich zurück, schloss die Augen und glaubte, die Todesschreie der Bakterien zu hören.

Als er später merkte, dass er dringend auf die Toilette musste, drückte er den Alarmknopf. Das rote Licht ging an, dann öffnete sich die Tür und jemand erschien. Er freute sich, denn es war Hue. Sie half ihm auf den Toilettenstuhl und schob ihn mitsamt der Pumpe und dem Infusionsständer ins Badezimmer. Als er fertig war, säuberte sie ihn, wusch ihn am ganzen Körper, massierte seinen Rücken, wusch ihm die Haare, massierte die Kopfhaut. Die Schmerzen begannen sich in Reih und Glied aufzustellen und zu tanzen, einen ordentlichen Reigen durch seinen Körper

vom Kopf bis zu den Füßen. Dann ging Hue ins Krankenzimmer und bezog das Bett frisch, während er sich im Spiegel betrachtete. Ein fremdes Gesicht lächelte ihn an. Er
nickte dem Unbekannten aufmunternd zu. Anschließend
brachte Hue ihn ins Bett. »Du tust mir so gut«, flüsterte er.
Er duzte sie von Anfang an, wie eine seit langem Vertraute,
und sie ließ es zu.

Wochen vergingen. Das immer gleiche Schema der Abläufe
brachte die Zeit zum Stillstand. Alles folgte einem festen Ri-
tual. Morgens die Schwester, die Blutdruck und Fieber maß,
Blut abnahm und die neue Infusion installierte. Dann eine
Schwesternschülerin, die Piet wusch und das Bett machte.
Dann das Frühstück. Dann die Reinemachefrau, die mit einem Besen den Boden und mit einem in ein Desinfektions-
mittel getränkten Lappen die Türklinken reinigte, dann die
Frau, die den Patienten eine Menü-Auswahl für den nächsten Tag treffen ließ, dann die Visite, dann das viel zu fette
Mittagessen, das Piet meistens unangerührt ließ, schließlich
die Schwester, die gegen Abend eine neue Infusion verab-
reichte und die Pillen für die Nacht in einen kleinen Plastikbecher einfüllte, und zuletzt die Nachtschwester, die hin
und wieder kurz erschien, um nach dem Rechten zu sehen.
Er fand schnell heraus, dass sich die Schwestern in verschiedene Kategorien einteilen ließen. Da gab es die Resolute, die
Mütterliche, die Distanzierte, die Launische, die Genervte,
die Kompetente, und es gab Hue, auf die keine dieser Kategorien zutraf. Nur wenn Hue sich um ihn kümmerte, verließ ihn diese Apathie, in der sich Resignation, Leidensfä-

higkeit und Selbstzweifel zu gleichen Teilen mischten. Da sich der Entzündungswert nicht verbesserte, wurde die Spülung der Wunde mehrfach wiederholt. Piet freute sich inzwischen jedes Mal auf die Vollnarkose, weil sie ihm die Last der bewussten Existenz abnahm. Einmal vergaß man ihn erneut nach dem Aufwachen in dem Lagerraum für medizinische Geräte. »Ich bin gestorben«, dachte er. »Eigentlich kein schlechter Zustand. Man muss sich nicht mehr um Alltagspflichten wie Zähneputzen kümmern.«

Dann gab es eine neue Komplikation. Der Hämoglobinwert sank wieder bedrohlich. Die Ärzte entschieden sich für eine Magenspiegelung unter Narkose. »Sie haben eine Magenblutung«, hieß es danach. »Ein kleines Geschwür. Wir haben eine Probe entnommen und eine histologische Untersuchung veranlasst.« Piet war inzwischen alles egal. »Warum nicht auch noch Magenkrebs?«, dachte er. Er war fast enttäuscht, als die iranische Schönheit ihm Tage später eröffnete, es sei kein Tumor, nur eine kleine Wunde, die man während der Spiegelung zugetackert habe.

Zweimal in der Woche erschien eine Krankengymnastin. Sie ließ Piet Übungen zur Stärkung der Muskulatur und des Kreislaufs machen und ihn in einem Laufstuhl unter höllischen Schmerzen durch die Gänge humpeln. Sie war sehr behutsam und hatte diesen leicht esoterischen Blick, der einen Zipfel des Jenseits zu erhaschen scheint, ohne etwas darüber zu verraten. Nach jeder Dehn- und Streckübung, die er im Bett liegend absolvieren musste, sagte sie mit leicht singender Stimme das Wort »lösen«, als sei es die Zauberformel für die Lösung aller Probleme dieser Welt.

Eines Tages erschien der Chefarzt zusammen mit seiner Assistentin an Piets Bett. Er entfernte das große Pflaster und betrachtete die Wunde. »Es sieht viel besser aus. Der Entzündungswert ist stark gesunken. Die Wunde ist so gut wie trocken. Wir brauchen auch die Vakuumtherapie nicht mehr. Die Antibiose kann oral fortgesetzt werden. Ich freue mich für Sie. Wir können Sie nächste Woche entlassen. Haben Sie jemanden, der die weitere Pflege übernehmen kann?«

»Ja«, log Piet.

In der folgenden Nacht hatte Hue Dienst. Piet bat sie, noch einmal zu ihm zu kommen, wenn sie ihre Runde beendet hatte. Sie setzte sich an sein Bett. »Ich werde nächste Woche entlassen«, sagte er. »Ich weiß«, sagte Hue, »ich freue mich für Sie.« – »Es gibt ein Problem«, sagte Piet. »Ich lebe allein in einer einsamen Hütte außerhalb der Stadt. Ich kann mich in meinem jetzigen Zustand nicht allein versorgen. Ich brauche eine Pflegekraft. Du wärst ideal. Ich habe genug Geld, um dich gut zu bezahlen.«

Hue sah ihn lange an. Ihr Gesicht wirkte maskenhaft. Dann schlich sich ein Lächeln auf ihre Lippen. Sie nickte und griff nach Piets Hand.

Hue kündigte. Auf die Frage nach den Gründen gab sie Heimweh an. Man bot ihr eine Gehaltserhöhung an. Vergeblich.

Hue holte Piet Hieronymus in ihrem kleinen roten Auto ab. Sie hielten vor dem Supermarkt, und Hue kaufte ein, während Piet im Wagen sitzen blieb. Putzmittel, einen neuen

Besen, Gemüse, asiatische Gewürze und Dosen. Reisnudeln. Getrocknete Pilze. Kimchi. Dann fuhren sie hinaus. Hue hatte eine größere Menge der kleinen blauen Pillen auf die Seite gebracht. Außerdem einen Rollstuhl aus dem Magazin.

In der Hütte machte Hue Feuer, und dann unterzog sie die beiden Räume einer gründlichen Reinigung. Einmal ging sie hinaus und kam kurze Zeit später mit einigen Zweigen vertrockneter Pflanzen zurück, die sie in einem Bierglas zu einem bizarren Strauß zusammenstellte. Piet lag unter einer Daunendecke auf der Pritsche und beobachtete sie. Wieder fiel ihm auf, wie harmonisch und ökonomisch zugleich ihre Bewegungen waren. Als es warm war, begann Hue zu kochen. Ein vietnamesisches Gericht. Die Aromen der Gewürze füllten den Raum. Die für ihn ungewohnte häusliche Atmosphäre irritierte Piet. »Warum erst jetzt«, dachte er. »Jetzt, wo bald alles zu Ende ist.«

Sie aßen gemeinsam am Tisch wie ein altes Ehepaar. Nachdem sie Piet zu Bett gebracht hatte, rollte Hue eine Isomatte aus und kroch in einen Schlafsack. Piet hätte gerne noch etwas Alkoholisches getrunken, aber er traute sich nicht.

Am nächsten Tag räumte Hue mit dem Schneeschieber den Weg in Richtung See frei und bestreute ihn mit Asche. Dann animierte sie Piet, ihn, trotz der damit verbundenen Schmerzen, mit Krücken entlangzulaufen. Sie blieb dabei immer dicht neben ihm, um einen möglichen Sturz zu verhindern.

So ging es einige Wochen weiter. Hue kochte nicht nur wunderbar und hielt die Hütte sauber, sie übte auch regelmäßig mit Piet, um seine Beweglichkeit zu verbessern. Er genoss die Situation. Er dachte an Philemon und Baucis. Der Altersunterschied zwischen ihnen schmolz. Er fühlte sich so jung wie schon seit Ewigkeiten nicht mehr, und sie kam ihm inzwischen vor wie eine alte Frau, die in eine junge Gestalt geschlüpft war. Sie sollten bald gleich alt sein, wie Ovids Liebespaar, dann konnten sie gemeinsam sterben und sich den Schmerz ersparen, in das Grab des anderen blicken zu müssen.

7

Piet Hieronymus fühlte sich inzwischen physisch in der
Lage, sein eigentliches Vorhaben in Angriff zu nehmen,
das Schicksal seines Freundes Einar Berglund zu klären. Sie
besuchten zunächst sämtliche Alters- und Pflegeheime von
Rovaniemi und Umgebung unter dem Vorwand, für Piet ein
Zimmer zu finden. Obwohl er sich inzwischen kurze Stre-
cken ohne Gehhilfe fortbewegen konnte, hatten sie Krücken und einen Rollator dabei. Sie waren ein glaubhaftes
Paar. Piet musste nicht simulieren, um seine Hinfälligkeit
zu demonstrieren. Hue trug weiße Schwesternkleidung unter ihrem Pelzmantel. Sie sprachen mit dem Pflegepersonal,
und Piet beobachtete die Insassen, ohne darunter jemanden
ausfindig zu machen, der Einar hätte sein können.

Es war bereits Spätherbst, als sie den Tipp bekamen,
nach Oulu zu fahren. Dort gebe es die besten Pflegeheime
der Gegend. Oulu, die größte Stadt Nordfinnlands, liegt
200 Kilometer südlich von Rovaniemi. Sie brauchten zwei-
einhalb Stunden mit dem Auto und mieteten sich in einer
Suite im *Lapland Hotel* ein. Der große Raum war komforta-
bel und verfügte über eine eigene Sauna. Über dem Doppel-
bett hing ein golden bronziertes Elchgeweih. Sonst war alles

in dezentem Grau-Weiß-Schwarz gehalten. Piet telefonierte mit seiner Bank und stellte fest, dass er sich den Luxus leisten konnte. Vor allem der Verkauf seiner kleinen Stadtwohnung hatte wegen der enormen Immobilienpreise viel Geld in seine Kasse gespült.

Er besorgte sich einen Nassrasierer und nahm sich den Bart ab. »Warum machst du das?«, fragte Hue. »Ich finde, der Bart stand dir sehr gut.« – »Ich will, dass mich Einar erkennt, wenn wir ihn gefunden haben.«

Abends saßen sie vor dem Fernseher, sahen Natursendungen oder Krimis und hielten Händchen dabei. Er trank Rotwein, führte das Glas mit der linken Hand zum Mund, weil er links von ihr saß. Sie trank Früchtetee. Wenn sie nackt in der Sauna saßen und Hue einen Aufguss mit japanischer Kirschblütenessenz machte, kam er sich vor wie auf einer nach Jahrzehnten aus Sentimentalität wiederholten Hochzeitsreise. Er schämte sich seines welken Körpers nicht, der streichholzdünnen Beine, der schlaffen Haut. Nachts schlüpfte sie zu ihm unter die Bettdecke. Während er die goldenen Schaufeln des Elchs betrachtete, spürte er ihre Hand, wie sie seinen Körper abtastete.

Tagsüber saßen sie dick angezogen auf weißen Bänken im nahe gelegenen verschneiten Park. Sie spazierten am Ufer des Ouloki entlang, Piet auf Krücken, Hue ihn stützend. Sie aßen mit Blaubeeren belegte Pfannkuchen im *Pannukakkutalo*, einem am Hafen gelegenen ehemaligen Holzspeicher. Hier öffnete sich der Fluss zur mediterranblauen Ostsee. Der Tag war kalt, sonnig und windstill. Es ist ein Aufschub, dachte Piet und hing zufrieden seinen Träumen nach.

Nach und nach suchten sie alle Alten- und Pflegeheime der Stadt auf. In einem einige Kilometer außerhalb der Stadt gelegenen Haus hatten sie endlich Erfolg. *Huvila Salo,* eine herrschaftliche Villa mit einigen Nebengebäuden, mitten in einem Wald gelegen. Die Sonne schien, es duftete nach Tannennadeln und tauendem Schnee. Es war frühlingshaft warm, obwohl diese Jahreszeit noch Monate entfernt war. Im parkähnlichen Garten saßen auf Bänken und Liegestühlen die Insassen des Hauses. Einige trugen Sonnenbrillen, einige lasen oder bedienten Laptops, andere tranken Kaffee, Wein oder Bier. Ein Kellner nahm Wünsche entgegen und servierte. Es herrschte die entspannte Atmosphäre eines Wellnesshotels. Doch Piet schien dieser Frieden verdächtig zu sein. Die Ruhe, die über der Szenerie lag, kam ihm künstlich vor. Alles wirkte wie eingefroren auf einem Bild. Piet bemerkte, dass die Insassen allesamt Namensschilder trugen. Er ging nahe an einigen vorbei, sodass er die Aufschriften lesen konnte. Taurus, Aquarius, Cancer – offenbar die englischen Namen der Tierkreiszeichen. Auf anderen Schildern standen Wörter wie Rat, Ox, Snake, Dragon, Rabbit. »Das sind chinesische Tierkreisbilder«, flüsterte Hue.

Die Eingangstür stand offen, und Hue und Piet betraten die Villa. Ein elegant gekleideter, schlanker Mann mit olivfarbener Haut und dichtem schwarzem Haarwuchs kam ihnen entgegen. Er reichte beiden die Hand und stellte sich als Institutsleiter Doktor Chandar vor. Dann fragte er nach ihren Wünschen. »Ich bin auf der Suche nach einem Platz in einem Pflegeheim. Ich brauche eine gute medizinische Betreuung, da ich mehrere Vorerkrankungen habe«, sagte Piet.

Der Institutsleiter bat sie in sein Büro. Er nahm hinter einem mächtigen Schreibtisch Platz, auf dem ein ausgestopfter Seeadler stand. »Ich sehe natürlich, dass Sie in Ihrer Motorik behindert sind«, sagte er zu Piet gewandt. »Was plagt Sie sonst noch?« Er besaß eine dieser beneidenswert tiefen Testosteronstimmen.

»Ein schwaches Herz. Koronare Insuffizienz. Ich nehme Blutverdünner. Außerdem Tabletten wegen Bluthochdruck.«

»Und Ihre Augen?«

»Die sind ausgezeichnet. Ich sehe wie ein Adler.«

»Wie dieser da, als er noch lebte.« Er zeigte auf den Seeadler, dessen Glasaugen Piet Hieronymus neugierig anzustarren schienen.

»Erzählen Sie von sich und stören Sie sich nicht daran, dass ich mir dabei ein paar Notizen mache.«

Piet beschrieb umständlich seinen Unfall und die Zeit im Krankenhaus. »Das interessiert mich nicht«, unterbrach ihn Doktor Chandar. »Es geht mir ausschließlich um existenzielle Informationen, um Hinweise auf die Psychosomatik einer Person. Der Körper als Spiegel der Seele und umgekehrt, die Seele als Spiegel des Körpers, verstehen Sie, was ich meine?«

»Sie rennen bei mir offene Türen ein. In einem früheren Leben habe ich als Psychologe gearbeitet. Ich hatte eine Praxis in der niederländischen Stadt Groningen.«

»Interessant. Wir sind also gewissermaßen Kollegen. Ich weiß nicht, welcher Schule Sie angehören, jener Freuds oder jener von C. G. Jung. Wir hier berufen uns vor allem auf Alfred Adler. Auf seinen Ansatz, den Menschen ganzheitlich zu sehen, und zwar nicht nur, was seine psychosomatische Konstitution anbelangt, sondern auch über das Individuum hinausgehend im Sinne seiner sozialen, seiner zwischenmenschlichen Bezüge. Und ein dritter, mindestens so wichtiger Faktor ist natürlich sein Verhältnis zur Natur. Es handelt sich um einen Dreiklang: der Mensch als Individuum, als soziales Wesen und als Teil der Natur. Viele seelische Probleme, viele Krankheiten beruhen auf einer Störung dieses Dreiklangs. Ich sehe es als unsere wichtigste Aufgabe, dessen Reinheit wiederherzustellen. Wir nutzen dabei auch die uralten Erkenntnisse der asiatischen Medizin, vor allem die Lehre von den Chakren, die sich in meiner Heimat entwickelt hat. Das Tantra. Wir versuchen mithilfe der Kundalinitherapie die biogenetische Energie unserer Gäste zu stärken. Auch in der chinesischen Medizin gibt es vergleichbare Ansätze, die wir therapeutisch einsetzen, zum Beispiel die Lehre vom Qi, vom Yin und Yang.«

Er machte eine Pause und sah Piet nachdenklich an. Es war offensichtlich, dass Chandar sich gerne reden hörte. »Auch bei Ihnen, verehrter Kollege, vermute ich Defizite, Disharmonien in jenem Akkord des Lebens. Das lässt sich ändern. Oft erweisen sich bereits geringfügige Eingriffe in die erwähnten Parameter als heilsam. Ein wenig mehr Umgang mit interessierten Menschen, ein Tagebuch, um die Beschäftigung mit sich selbst zu kanalisieren, leichte Gartenarbeit, um die Nähe zur Natur zu fördern.«

Er schwieg wieder und sah aus dem Fenster. Piet, der sonst stolz auf seine Menschenkenntnis und seine Beobachtungsgabe war, konnte sich diesmal keinen rechten Reim auf sein Gegenüber machen. »Also noch einmal. Erzählen Sie von sich, damit ich mir ein Bild machen kann, wie wir Sie optimal betreuen können.«

Ein kurzer Seitenblick verriet Piet, dass auch seine Begleiterin neugierig war. Also begann er mit einer Art kursorischer Lebensbeschreibung, erzählte von seiner vaterlosen Kindheit, seiner dominanten Mutter, seinen vielen vergeblichen Versuchen, eine stabile Beziehung zu einer Frau aufzubauen, seiner Arbeit als Profiler, die es ihm ermöglichte, viel zu reisen, denn häufige Ortswechsel kamen der Ruhelosigkeit seiner Natur entgegen. Chandar machte sich Notizen. Bei dem Wort Profiler schien er aufzumerken, denn er schrieb das Wort in sein Protokoll und unterstrich es mehrfach. »Muss ein Profiler eine besonders misstrauische Person sein?«, fragte er.

»Ganz im Gegenteil. Hilfreich ist eher eine gewisse Vertrauensseligkeit, denn sie bringt einen zuweilen in kritische Situationen, die die Aufklärung eines Falls ermöglichen. Kinder sind übrigens hervorragende Profiler, weil sie nicht so logisch denken wie Erwachsene.«

»Interessant, was Sie da sagen. Ich habe zuweilen den Eindruck, dass auch Demenz zu einer Art Profilertum führt. Demente sind ungeheuer empfindlich in der Reaktion auf ihre Umwelt. Sie werden vielleicht schon bemerkt haben, dass wir viele sogenannte Demente zu unseren Mitbewohnern zählen. Wir haben allerdings eine etwas andere Auffassung von Demenz und ihrer Behandlung, als dies gewöhnlich der Fall ist. Wir sehen in Demenz keine Krankheit, kein körperliches Gebrechen mit bestimmten geistigen Symptomen wie Vergesslichkeit oder partiellem Sprachverlust. Demenz ist für uns meistens nichts anderes als ein intuitiver Versuch des Ichs, die Harmonie des besagten Dreiklangs wiederherzustellen. Sie werden außerdem vielleicht bemerkt haben, dass wir einige Patienten mit akuter Sehschwäche betreuen. Wir versuchen, ihre Situation zu verbessern. Das gilt für die psychisch bedingte, sogenannte psychogene Blindheit genauso wie für jene mit physischen Ursachen. Ein gesundes Sehvermögen ist nicht nur die Voraussetzung einer erfolgreichen Orientierung im räumlichen Sinne. Es ist auch der Schlüssel für eine gelungene Kommunikation zwischen Seele und Welt. Augen sollten wie Türen sein, die sich nach innen und nach außen öffnen lassen. Sie möchten also wirklich Teil unserer Gemeinschaft sein?«

»Ja, in der Tat. Wenn ich es bezahlen kann und ein Bett frei ist.«

»Ich werde sehen, was sich machen lässt. Manchmal wird aus traurigem Anlass ein Platz frei. Ich würde mich freuen, Sie bei uns aufnehmen zu können, allein schon wegen der Gespräche mit einem Fachkollegen, die ich dann führen könnte. Sehen Sie sich ruhig in unserem Haus um. Sie werden feststellen, dass wir auch über eine sehr gut ausgestattete medizinische Abteilung verfügen. Bei Notfällen müssen wir unsere Bewohner nicht unbedingt ins städtische Krankenhaus bringen, sondern können sie hier versorgen. Lassen Sie Ihre Telefonnummer da. Wir melden uns, wenn etwas frei geworden ist. Noch eine letzte Frage: Was hat Sie eigentlich zu uns in den hohen Norden geführt und auf die Idee gebracht, für immer zu bleiben?«

»Ich wollte einen alten Freund besuchen, einen Kollegen, mit dem ich vor langer Zeit hin und wieder zusammengearbeitet habe. Ich wollte ihn zu seinem Achtzigsten überraschen, aber leider war er kurz vorher verstorben. Und dann hatte ich, wie gesagt, jenen Unfall, der mich in meiner Mobilität stark einschränkte. An eine Rückreise war nicht mehr zu denken. So kam ich zu dem Entschluss, hier in der Region zu bleiben. Ist man erst mal in einem Pflegeheim, ist der Ort egal, an dem man sein Leben beschließt. Hauptsache, es ist gut geführt.«

»Da haben Sie recht«, sagte der Institutsleiter. Er erhob sich und schüttelte beiden die Hand.

Hue und Piet gingen in den Aufenthaltsraum. Er war hell und freundlich eingerichtet. Ölbilder finnischer Impressionisten hingen an den Wänden. Vorwiegend Porträts, die meisten von Kindern, Mädchen, Knaben mit großen Augen, die einen unverwandt anstarrten. In den Regalen reichlich Bücher. Vor allem Krimis, aber auch Fachbücher. Piet nahm eines in die Hand. Es war der Reprint eines 1727 erschienenen Buches über die Kunst des Starstechens von einem gewissen John Taylor mit dem Titel *An Account of the Mechanism of the Eye*. Er wandte sich an Hue und meinte: »Ich habe den Verdacht, dass Einar hier ist. Er hat in seinem letzten Brief an mich über Vergesslichkeit und Augenprobleme geklagt. Dieses Haus hier wäre für ihn der perfekte Ort. Komm, wir sehen uns ein bisschen um.«

Piet bat Hue, sich die medizinischen Einrichtungen anzusehen, sich auch nach Möglichkeit mit Pflegern und Pflegerinnen zu unterhalten. Er selbst machte sich auf den Weg, die Flure mit den Patientenzimmern abzulaufen. Es gab zwei Stockwerke mit je zwölf Zimmern. Sie hatten keine Nummern an den Türen, sondern jedes trug einen eigenen Namen. Im ersten Stock die der europäischen Tierkreiszeichen: Widder, Stier, Zwillinge, Krebs, Löwe, Jungfrau, Waage, Skorpion, Schütze, Steinbock, Wassermann, Fische; im zweiten die der chinesischen: Ratte, Büffel, Tiger, Hase, Drache, Schlange, Pferd, Ziege, Affe, Hahn, Hund, Schwein. Einige der Türen standen offen oder waren nur angelehnt. Piet erhaschte immer wieder Blicke auf einzelne Bewohner, auf eine Frau vor einem Spiegel zum Beispiel, die sich ihre nicht vorhandenen Haare flocht. Sie war vollkommen kahl, ihre Lippen waren karmesinrot angemalt. In einem anderen Zimmer stand ein Mann am Fenster und sah hinaus. Vielleicht spürte er Piets neugierigen Blick, denn er drehte sich plötzlich um. Sein Gesicht war von einer venezianischen Schnabelmaske bedeckt, die Augenöffnungen waren schwarz.

Die Tür des letzten Zimmers im zweiten Stock mit dem Türschild »Schwein« war geschlossen. Aus einem spontanen Impuls heraus klopfte Piet und trat ohne zu zögern ein. Ein alter Mann saß auf der Bettkante, halb nackt, korpulent wie ein Buddha. An das einst scharf geschnittene Gesicht erinnerten nur noch die klaren hellblauen Augen, die wie aus Glas gemacht schienen. Man glaubte durch sie hindurchsehen zu können auf die dahinterliegende Wand. »Sind Sie der neue Pfleger?«, fragte der Mann auf Deutsch. War es ein Indiz dafür, dass er Piet erkannt hatte?

»Einar«, sagte Piet. »Ich bin es.«

»Tut mir leid, ich kenne Sie nicht. Und ich lege auch keinen Wert darauf, Ihre Bekanntschaft zu machen.« Er legte sich hin und zog die Bettdecke über sich. Eine Weile stand Piet stumm da und betrachtete seinen Freund, der bewegungslos und wie eine Mumie verhüllt vor ihm lag. Als er ging, bemerkte er einen Rauchmelder von unnatürlicher Größe an der Decke.

Sie trafen sich vor der Villa im Park. Hue wirkte verstört. »Man hat mir die medizinische Ausstattung gezeigt. Sie ist auf höchstem Niveau. Ein Labor zur Bestimmung des Blutbildes. Kühlschränke mit Blutkonserven. Ein modern eingerichteter Operationssaal. Ein Beatmungsgerät. Eine Herz-Lungen-Maschine. Dann habe ich etwas Schreckliches entdeckt. Als ich unbemerkt einen der Schränke geöffnet habe, sah ich lauter Gläser, in denen Augen schwammen. Sie starrten mich an. Braune, blaue, grüne.«

»Ich muss dir auch etwas erzählen, aber nicht hier. Komm wir gehen.«

Auf dem Weg zum Ausgang trat Piet an einen der Patienten heran und nahm ihm die Sonnenbrille ab. Er blickte in leere Augenhöhlen.

8

Als sie im Hotel zurück waren, fing Hue zu weinen an. Ein leises, fast unterdrücktes Schluchzen. Sie stand offenbar immer noch unter Schock. Piet nahm sie behutsam in den Arm und tröstete sie, indem er vorsichtig über ihre glatten schwarzen Haare strich. »Wo wohnst du eigentlich in Rovaniemi?«

»In einem hässlichen Plattenbau. Zwei Zimmer. Ein kleiner Balkon. Ich habe versucht, es mir ein wenig gemütlich zu machen. Ich habe im Internet einen japanischen Paravent gekauft. Ein blühender Kirschbaum.«

»Ich werde in Chandars Pflegeheim einziehen, sobald sie mir dort ein Zimmer anbieten. Wenn das geschieht, ist es am besten, du kehrst in deine Wohnung in Rovaniemi zurück. Ich habe übrigens meine Bank beauftragt, dir jeden Monat eine Summe zu überweisen, die deinem Gehalt als Krankenpflegerin entspricht. Ich werde mich jeden Tag gegen 22 Uhr auf dem Handy bei dir melden. Solltest du länger nichts von mir hören, wende dich an die Polizei und verlange Inspektor Mäkinen. Gib ihm diesen Brief.« Er reichte Hue ein verschlossenes Kuvert.

»Ist es gefährlich, Piet?«

Sie hatte ihn zum ersten Mal beim Vornamen genannt. Es kam ihm wie ein Eheversprechen vor. »Das kann ich nicht sagen. Aber einiges ist merkwürdig. Einars abweisendes Verhalten zum Beispiel. Ich bin mir ziemlich sicher, dass er mich erkannt hat. Und dann die blinden Bewohner. Ich muss jedenfalls der Sache auf den Grund gehen. Hier ist noch ein zweiter Umschlag. Er ist für dich. Öffne ihn erst, wenn ich nicht mehr am Leben bin.«

Sie gingen nun jeden Tag ins *Pannukakkutalo*. Piet erinnerte der Ort an die Pfannkuchenhäuser seiner Heimat. Beide saßen eng beieinander und starrten auf die Stelle, wo sich in der Ferne die blaue Ostsee zeigte. Ihre Blicke kreuzten sich am Horizont. Dort lag ihr Sehnsuchtsort, ihr *locus amoenus*. Sie sprachen wenig. Einmal sagte Hue: »Was du diesem Chandar über dein Leben und dein Verhältnis zu Frauen erzählt hast, hat mich sehr interessiert. Gehöre ich vielleicht auch in diese Reihe missglückter Beziehungen?« Piet grinste: »Du bist die erste Frau, mit der ich mir vorstellen kann, alt zu werden.« Er lächelte wie ein Junge, der einen, seiner Ansicht nach gelungenen, Witz gemacht hat.

Nach vier Tagen meldete sich die Villa. »Haben Sie immer noch Interesse an einem Zimmer bei uns, Doktor Hieronymus?« Es war die Testosteronstimme.

»Habe ich.«

»Dann kommen Sie morgen Nachmittag zwischen drei und vier zu uns. Bringen Sie das Nötigste mit. Schlafanzug, Bademantel, Zahnbürste, Kamm, Unterwäsche, alles, was Sie für Ihre persönliche Körperpflege brauchen.«

Sie gingen in die beheizte und daher schneefreie Fußgängerzone und kauften ein. Piet erstand neben praktischen Dingen auch einen dunkelblauen Anzug, ein passendes Hemd und einen lilafarbenen Schlips. Als er so ausgestattet aus der Umkleidekabine trat, kicherte Hue und klatschte in die Hände. Der Anzug war viel zu groß, die Hosenbeine warfen Ziehharmonikafalten. »Ich habe aus Gewohnheit meine alte Größe gewählt. Ich werde ihn trotzdem nehmen und anbehalten«, sagte Piet lächelnd.

»Ich wusste nicht, dass du ein richtiger Anzugtyp bist«, sagte Hue.

»Ich werde diesen Anzug bei unserer Heirat tragen.«

Später im Hotel packte Hue die Koffer. Sie faltete die Kleidungsstücke so geschickt, dass es nicht nur ordentlich aussah, sondern dass sie zu leben schienen. Piet zeigte seiner Freundin eine verschlossene Blechschatulle. Er öffnete sie mit einem kleinen Schlüssel und nahm einen in einen Lappen gewickelten Gegenstand heraus. »Das ist eine Walther P99. Meine alte Dienstwaffe. Ich habe sie nicht zurückgegeben, als ich meinen Dienst quittiert habe. Ich habe damals behauptet, sie verloren zu haben. Gott sei Dank habe ich sie nur selten benutzen müssen. Ich hoffe, das bleibt auch so.«

Kurz vor drei machten sie sich auf den Weg. Im Foyer der Villa empfing sie Doktor Chandar. Er bat sie in sein Büro. Die Sekretärin nahm die Personalien Piets auf, auch medizinische Daten wie Vorerkrankungen, Operationen, regelmäßig eingenommene Medikamente. »Wir haben den Operationsbericht von den Kollegen in Rovaniemi angefordert und inzwischen erhalten. Sie haben Glück gehabt, Doktor Hieronymus, dass Sie solch einen erfahrenen und blendenden Operateur hatten. Bei der Schwere der Verletzung hätte ihr Bein auch verloren sein können. Wir werden Sie weiter gut betreuen, auch was die ärztliche Seite anbelangt. Sie haben sicher schon bemerkt, dass wir kein gewöhnliches Pflegeheim sind. Wir haben nicht nur eine exzellente medizinische Abteilung, wir arbeiten auch erfolgreich im Bereich der Forschung. Gerontologie, Iridologie und Palliativmedizin sind die Schwerpunkte. Vielleicht wissen Sie, dass die Augendiagnostik in Verruf geraten ist und heute nur als unwissenschaftliche Diagnose der Heilpraktiker gilt. Wir bemühen uns, in diesem Bereich zu streng wissenschaftlichen Methoden zurückzukehren. Wir versuchen auch, die bislang so wenig erfolgreiche Netzhautverpflanzung weiterzuentwickeln.«

Eine ältere, korpulente Frau in Schwesterntracht erschien mit einem Pfleger, einem muskelbepackten Hünen. »Ich bin Schwester Alma. Ihr Zimmer ist fertig, Doktor Hieronymus. Alles ist sauber und desinfiziert. Sie können sich jetzt hinaufbegeben. Robin wird Ihr Gepäck übernehmen.«

Der Fahrstuhl brachte sie in den zweiten Stock. Schwester Alma ging voran, gefolgt von Robin, der die beiden schweren Koffer trug, als seien sie völlig leer. Sie betraten das Zimmer. Es hatte den Namen »Ratte«. Der Nager, der auf die Tür gemalt war, verzog das Maul mit seinen sechzehn spitzen Zähnen zu einer Grimasse, die man mit einigem guten Willen als eine Art Lächeln interpretieren konnte.

»Das ist Ihr neues Zuhause, Herr Doktor«, sagte Schwester Alma. »Die Ratte hat bei den Chinesen übrigens nicht das negative Image wie bei uns. Unter diesem Sternzeichen Geborene sind besonderes charmant, sehr kommunikativ und ein wenig exzentrisch. Ich kann mir vorstellen, dass diese Eigenschaften gut zu Ihnen passen. Doktor Chandar wünscht übrigens, bevor Sie hier auf Dauer einziehen, eine gründliche Untersuchung. Kommen Sie bitte morgen noch vor dem Frühstück in die Praxis im Parterre.«

Nachdem Schwester Alma gegangen war, brachte Piet Hue zum Auto. Sie umarmten sich flüchtig und wortlos. Dann stieg sie ein, und das rote Auto verschwand zwischen den Bäumen, ein kleiner verlöschender Sonnenuntergang.

9

Ein Gong ertönte und rief die Insassen zum Abendessen in den Speisesaal. Er war eingerichtet wie ein Gourmetrestaurant. Weiße Tischdecken. Blumen und eine Kerze auf jedem der fünf Tische. Piet Hieronymus erfuhr, dass es zwei Gruppen gab, eine, der normales finnisches Essen serviert wurde, schmackhaft, fett und salzig, und eine zweite, die in den Genuss mediterraner Küche kam. Piet wurde gebeten, sich für eine Küche zu entscheiden und für die nächsten Wochen auch dabei zu bleiben. Man wolle auf diese Weise den Einfluss der Ernährung auf Körper und Geist untersuchen, ein Beitrag zur gerontologischen Forschung des Instituts. Piet entschied sich für die finnische Gruppe, denn er hoffte, mit seinem Freund zusammen speisen zu können. Er konnte sich nicht vorstellen, dass Einar bei der mediterranen Gruppe mit ihren Nudelgerichten und Auberginenaufläufen war. Bei den Finnen gab es Fischbällchen. Sie waren köstlich, mit Sardellen und Aquavit gewürzt. Einar war allerdings nicht unter den zwanzig Gästen.

Nach dem Essen nahm Piet seine Krücken und ging zurück auf sein Zimmer. Es war das erste der zwölf Zimmer im zweiten Stock. Die Ratte war das erste Sternzeichen, das Schwein das letzte Sternzeichen im chinesischen Jahr. Obwohl ihm klar war, dass alle Zimmer und Flure durch Kameras überwacht wurden, machte er sich auf den Weg.

Schwester Alma verließ gerade das Zimmer von Einar. Sie hatte einen BKS-Schlüssel in der Hand, als sie Piet bemerkte. »Sie wollen sicher Ihre Mitbewohner besuchen, um sich vorzustellen. Ich wollte gerade abschließen, eine Vorsichtsmaßnahme, da wir verhindern wollen, dass Herr Berglund in seiner Verwirrtheit sein Zimmer verlässt. Er kann sich nicht mehr orientieren und hat zugleich einen bemerkenswerten Bewegungsdrang. Ich werde später noch einmal vorbeikommen.« Sie nickte Piet zu und schwebte davon, wenn man diesen Ausdruck bei ihrer Körperfülle überhaupt anwenden konnte.

Piet öffnete die Tür und trat ein. Der Anblick, der sich ihm bot, erschütterte ihn. Da saß jemand an einem Tisch, dessen Augen verbunden waren wie bei einem Blindekuhspiel. Obwohl er ihn gehört haben musste, zeigte Einar keinerlei Reaktion.

»Ich bin der neue Nachbar. Ich wohne im ersten Zimmer, dem Zimmer mit dem Namen Ratte.«

»Ich weiß nicht, wer du bist. Und ich weiß nicht, wer ich bin. Aber ich bin mir nicht sicher, ob das auch für dich gilt. Weißt du denn wirklich, wer du bist?«

Er schwieg, und als er auch nach einigen Minuten kein Wort mehr sagte, verließ Piet das Zimmer.

Gegen 22 Uhr ging Piet noch einmal hinunter in den Garten. Es war stockdunkel und bitterkalt. Er setzte sich auf eine Bank und wählte Hues Handynummer. Sie war sofort dran. »Wie geht es dir?«, fragte er unbeholfen.

»Eigentlich gut, aber ich vermisse dich. Wirst du gut versorgt?«

»Die Verpflegung ist ausgezeichnet. Morgen habe ich dann den Medizincheck hinter mir. Ich rufe dich wieder an, sobald ich die Ergebnisse habe.« Er legte auf, denn es strengte ihn an, Hues Stimme zu hören.

Ehe Piet sich schlafen legte, ging er in den Aufenthaltsraum, zog das kleine Werk John Taylors aus dem Regal und steckte es ein. In seinem Zimmer legte er sich angezogen aufs Bett, löschte das Licht und starrte zur Decke. In größeren Abständen blinkte dort ein winziges Licht auf. Es kam vom Rauchmelder, der dort angebracht war.

Es wurde eine unruhige erste Nacht für ihn in seinem neuen Zuhause. Als er immer wieder aufwachte aus Albträumen, in denen augenlose Monster Jagd auf ihn machten, knipste er die Nachtischlampe an und begann in dem Buch Taylors zu lesen. Eine Stelle im Text, an der Taylor seine Methode beschrieb, einen Star zu stechen, ließ ihm das Blut in den Adern gefrieren: »Die wohltemperierten Jahreszeiten eignen sich am besten; deshalb wähle ich den Frühling oder den Herbst. Der Tag muss lau und klar sein, und man sollte auf das richtige Licht achten. Ich fordere den Patienten auf, den Kopf zurück auf ein Kissen zu legen, das Kissen wiederum wird von einer Stuhllehne in passender Höhe gestützt. Hinter den Patienten platziere ich einen Assistenten, der den Kopf fixiert. Außerdem bedarf es jeweils einer Person an beiden Seiten des Patienten, die die Hände des Subjekts festhalten, denn ich war Zeuge sehr übler Folgen, wo dies versäumt wurde. Nachdem der Patient so präpariert wurde, setze ich mich auf einen Stuhl, dessen Sitz durch Kissen auf die Höhe des Subjekts gebracht wurde, bis ich vollen Zugriff auf das AUGE des Patienten habe, und indem ich ihn bitte, auf seine Nase zu schauen, auf dass die *Tunica conjunctiva* hinreichend zum Vorschein kommt, stoße ich meine Nadel durch die *Tunica conjunctiva* direkt in die Glaskörperflüssigkeit hinein ...« Er versetzte sich so sehr in die Situation des Patienten, dass er den Schmerz in seinen Augen zu spüren meinte. Als er sie schloss, sah er Blitze aufleuchten, als er sie wieder öffnete, zogen dunkle Flecken über sein Sehfeld.

Die medizinische Untersuchung, der sich Piet unterziehen musste, war von einer Gründlichkeit, wie er sie noch nie erlebt hatte. Ein Ganzkörper-CT mit einem schwach radioaktiven Kontrastmittel, mit der sich Krebs im Frühstadium nachweisen ließ, Blutabnahme, Ermittlung der Knochendichte, PSA-Wert, Ultraschalluntersuchung des Herzens, Elektroneurografie, verschiedene Demenztests. Besonders gründlich war die augendiagnostische Untersuchung durch Doktor Chandar. Spaltlampe, Kohärenztomografie und vieles mehr. Die ganze Palette von Untersuchungstechniken, die einem Augenarzt zur Verfügung stand. Selbst die umstrittene Iridologie, die Untersuchung der Iris auf Flecken, winzige Veränderungen, aus denen angeblich Hinweise auf Organerkrankungen zu gewinnen waren, ließ er nicht aus.

»Wir sehen uns morgen wieder, wenn die Laborwerte vorliegen.«

»Doktor Chandar«, sagte Piet, »ich habe eine Bitte. Könnte ich einen Ausdruck der CT-Aufnahme haben? Möglichst groß? Ich möchte ihn als Poster an die Wand heften. Ich hatte genauso eine Aufnahme in meinem Zimmer in meinem Berliner Pflegeheim. Es fiele mir dann leichter, mich hier zuhause zu fühlen.«

»Ich werde dafür sorgen, dass man Ihnen Ihren Wunsch erfüllt.«

Am Nachmittag des folgenden Tages hatte Piet seinen Termin bei Doktor Chandar. Der Institutsleiter empfing ihn in seinem Büro. »Für Ihr Alter sind Sie erstaunlich gut in Form, Herr Hieronymus. Ihre Blutwerte sind allesamt im vertretbaren Rahmen. Das gilt auch für die Leberwerte. Trinken Sie regelmäßig Alkohol?«

Piet dachte nach. Dann sagte er: »Seit ungefähr fünfundsechzig Jahren.«

»Das habe ich mir schon gedacht. Man sieht es an den vergrößerten Blutkörperchen. An Leberzirrhose werden Sie jedenfalls dennoch nicht sterben. Die leichte Hypertonie und die zu hohen Blutfettwerte werden wir konventionell mit Medikamenten behandeln. Wir haben auch keine Anzeichen einer beginnenden Demenz feststellen können. Weder durch den Uhrentest noch durch die CT, die uns eine eventuelle Schrumpfung des Gehirns verraten hätte. Das einzige Problem, das ich auf Sie zukommen sehe, liegt in Ihren Augen. Nicht nur ein beginnender grauer Star, sondern auch eine *Ablatio retinae* im Anfangsstadium ist diagnostizierbar. Wahrscheinlich spüren Sie von all dem noch nichts, aber der Befund ist eindeutig. Ihr Augendruck ist im Übrigen normal, ein Glaukom ist unwahrscheinlich. Sehen Sie manchmal Lichtblitze oder über Ihr Sehfeld wandernde schwarze Flecken?«

»Normalerweise nicht. Aber heute Nacht habe ich sie gesehen. Sie sahen aus wie schwarze Krähen, wie die Todesvögel auf einem der letzten Bilder van Goghs.«

»Sie drücken sich sehr blumig aus. Sie sollten Schriftsteller werden. Wir werden die Sache beobachten. Auf jeden Fall sind wir so gut ausgestattet, dass ein Eingriff in den Glaskörper, eine sogenannte Vitrektomie, problemlos möglich ist. Hier ist das, was Sie sich gewünscht haben.« Er übergab Piet eine große Rolle, die einen Ausdruck der CT im Format DIN A2 enthielt. »Und das hier ist die Liste der Medikamente, die Sie unbedingt einnehmen sollten. Eine Schwester wird Ihnen jeden Morgen den Pillenbehälter ans Bett bringen.«

Die Pillenbox stand bereits auf seinem Nachttisch, als er in seinem Zimmer zurück war. Ebenso ein Tablett mit ein paar Keksen, etwas Obst und einer Flasche Sprudelwasser. Eine Schwester erschien und erklärte ihm, dass von den Tabletten zwei besonders wichtig seien: ein starkes Schlafmittel und Opiate gegen die Knochenschmerzen, die er immer noch häufig hatte. Sie zeigte ihm die Pillen und verschwand. Er nahm die Schlaftablette und fiel tatsächlich schnell in einen tiefen Schlaf, aus dem er diesmal erst gegen Morgen erwachte.

10

Es gehörte offenbar zum Stil des Hauses, dass die Angestellten die Mahlzeiten gemeinsam mit den Bewohnern einnahmen. Menschliche Nähe sei ein nicht zu unterschätzender Faktor bei dem Versuch, das Ende des Lebens so angenehm wie möglich zu gestalten, hatte Chandar gesagt. Das war auch das Motto dieser Anstalt.

So kam es, dass Piet Hieronymus schon bald die Bekanntschaft von Doktor Lau machte. Piet hatte an diesem Vormittag besonders viel Opiat eingenommen, da ihm das Gehen mit den Krücken wieder einmal verstärkt Schmerzen bereitete. Das war vielleicht der Grund dafür, dass ihm das großflächige Gesicht des Chinesen wie Lackmalerei vorkam.

Lau war eine eindrucksvolle Erscheinung. Ein massiger Körper wie bei einem Sumoringer, ein großer runder Kopf, der an einen Lampion oder besser an einen prall gefüllten Heißluftballon erinnerte. Er schien ihm Auftrieb zu verleihen, denn trotz seines Übergewichts bewegte sich Lau mit großer Leichtigkeit.

»Sie kennen den Unterschied von Hardware und Wetware?«, sagte Doktor Lau, während er geschickt mit seinen Stäbchen das Lachskotelett von letzten Gräten befreite.

»Wetware ist komplexer, sie ist von der Natur in Millionen von Jahren genial miniaturisiert worden. Aber sie ist auch fragiler, verletzlicher, kurzlebiger. Die Hardware hingegen ist robust, sie ist schneller, weil in ihr keine chemischen Prozesse ablaufen, sie ist langlebig mit ihrer Siliziumbasis, aber sie ist gewöhnlich auch viel gröber, viel weniger komplex. Es gibt renommierte Wissenschaftler, die ein unaufhaltsames Vordringen von Hardware in die Wetware prognostizieren. Herzschrittmacher, künstliche Herzen und Exoprothesen waren die Vorreiter, Hör- und Netzhautimplantate sind die nächste Stufe. Es werden bald weitere folgen. Es kommt darauf an, die jeweiligen Vorzüge beider Welten miteinander zu kombinieren. Vor allem in Japan und meiner Heimat arbeitet man fieberhaft an der Entwicklung elektronischer Elemente, die in der Lage sind, den menschlichen Körper wie Parasiten zu besiedeln. Nanobots zum Beispiel. Man versucht inzwischen, sie so klein zu machen, dass sie in der Lage sind, die Blut-Hirn-Schranke zu überwinden. Ich bin der Überzeugung, dass intelligenten Robotern, in denen auch Wetware verbaut ist, die Zukunft gehört. Auf jeden Fall geht das Cermet-Zeitalter zu Ende, die Phase, in der Mikrochips auf einer Kombination von Keramik und Metall beruhten. Deren Miniaturisierung lässt sich nicht mehr steigern. Jetzt geht es um die Vereinigung von Metall und Zellgewebe.«

Er war fertig mit seinem Teller, reinigte seine Stäbchen sorgfältig mit der Serviette und packte sie in eine kleine Schatulle aus Ebenholz. »Wissen Sie, Herr Hieronymus – oder Hieronymus *xiānsheng*, wie wir in meiner Heimat sagen würden –, eines Tages wird die reine Wetwarephase der menschlichen Spezies Vergangenheit sein. Im Weltall gibt es wahrscheinlich unzählige Zivilisationen, die diese Phase mit ihren für sie typischen Kriegen, Epidemien, religiösen Wahnvorstellungen hinter sich haben. Sie kommunizieren nicht mit uns, weil wir für sie hoffnungslos veraltet sind. Wir interessieren sie einfach nicht. Die Nanobots der Zukunft sind so klein wie Staubkörner. Eine Art intelligenter Staub. Wenn Sie durch eine Wolke von Nanobots laufen, atmen Sie sie ein. Sie gelangen über die Lunge in die Blutbahn, überwinden wegen ihrer Kleinheit die Blut-Hirn-Schranke, siedeln sich in der Großhirnrinde an, übernehmen die Macht und schmeißen alle Formen von Aberglauben und Ideologien hinaus mit der Folge, dass Sie ein durch und durch rationaler Mensch werden.«

»Gibt es dann noch so etwas wie Liebe?«

Doktor Lau schüttelte sich vor Lachen. »Was hat Liebe mit Rationalität zu tun, Hieronymus *xiānsheng*? Übrigens, damit wir uns richtig verstehen, unter rational verstehe ich etwas anderes als es der *common sense* tut. Nicht eine langweilige Form der Vernünftigkeit, sondern die fantastische Präzision magischen Denkens.«

Er erhob sich und verbeugte sich mehrmals. Offensichtlich war er mit sich zufrieden. Er hatte in Piet ein dankbares Opfer gefunden. Doktor Lau würde fortan bei jeder Mahlzeit neben ihm Platz nehmen.

Piet ging auf sein Zimmer. Der Hausmeister hatte das CT-Foto dort angebracht, wo er es sich gewünscht hatte, an der Wand hinter dem Fußende seines Bettes, sodass sein Blick beim Aufwachen darauf fiel.

11

Am folgenden Morgen ging Piet gleich nach dem Frühstück in den Park. Es war schönes Wetter. Ein Hauch von Frühling lag in der Luft. Wie immer trug er die Walther in einem Schulterholster unter seiner Kleidung, für den Fall, dass das Personal in seiner Abwesenheit in seinem Gepäck herumschnüffelte.

Er setzte sich auf eine Bank und versuchte an nichts zu denken. Plötzlich sah er Einar. Er trug eine Sonnenbrille und ging dicht an ihm vorbei. Dabei machte er eine Handbewegung, die andeutete, dass Piet ihm folgen solle. Am Ende des Parks war ein Komposthaufen, umgeben von Büschen. Auch hier war eine Bank. Einar setzte sich und nahm die Sonnenbrille ab. Piet ließ sich neben ihm nieder. »Hier können wir unbelauscht reden, Piet. Hier sitzen wir beide neben dem Müllhaufen unserer Illusionen. Oder sind wir nicht eher zwei Schiffbrüchige, deren Rettungsboot untergegangen ist? Ich weiß natürlich, wer du bist. Weißt du es auch?«

»Ich bin mir nicht sicher. Manchmal kommt es mir vor, als wüsste ich tatsächlich nicht, wer ich bin.«

»Das ist typisch für uns Alte, mein Guter. Du bist offenbar auch dabei, dement zu werden. Du solltest länger hierbleiben und mir Gesellschaft leisten. Wie ist es dir überhaupt gelungen, mich zu finden?«

»Als ich bei der Polizei in Rovaniemi anrief, weil ich nichts mehr von dir hörte, behauptete Inspektor Mäkinen, du seist in deiner Sauna an einem Herzinfarkt gestorben, weil du zu viel Chianti getrunken hast. Das hat mich misstrauisch gemacht. Ich wusste doch, dass du keine italienischen Weine trinkst, seitdem dich deine Frau verlassen hat. Warum hat sie das eigentlich getan?« Er hatte Einar während ihrer Saunaabende schon einmal danach gefragt. Aber er hatte damals sofort gespürt, dass sein Freund nicht darüber reden wollte. War es verletzter Stolz? Schmerzen einer noch immer nicht verheilten Wunde? Es habe mit einem anderen Mann zu tun, hatte Einar angedeutet. Sie sei mit einem Spaghettifresser durchgebrannt. Dann hatte er einen doppelten Schnaps getrunken, laut aufgelacht und gesagt: »Du weißt doch, mein lieber Piet, wie Frauen sind.«

Diesmal war Einar mitteilsamer. »Mein Nebenbuhler war Kellner im *Kotipizza*. Er sah nicht wie ein Italiener aus, eher wie ein finnischer Preisboxer. Er hatte in etwa meine Figur und war blond. Wir gingen ein paarmal ins *Koti*, um die wirklich hervorragende Pizza zu essen. Er bediente uns jedes Mal. Sie redeten immer ein paar Sätze miteinander. Ich dachte, schön für sie, endlich wieder ihre Muttersprache sprechen zu können. Ich merkte nicht, dass meine Frau mit ihm flirtete. Sie sind dann irgendwann gemeinsam abgehauen, zurück in ihre Heimat, wie ich damals annahm.«

Piet versuchte sich an Einars Frau zu erinnern. Alles, was er zustande brachte, war das vage Bild einer schönen Frau. Groß, gertenschlank, das schmale, blasse Gesicht eingerahmt von einer wilden schwarzen Lockenpracht. Er versuchte vergeblich, sich an ihren Namen zu erinnern. »Wie hieß noch deine Frau?« Einar sah ihn mit einem verwirrten Blick an. »Ich weiß es nicht mehr«, sagte er nach einer langen Pause. »Ist das nicht schrecklich? Ihr Name ist wie ausgelöscht. Dabei habe ich ihn so oft gesagt, voller Liebe, voller Zärtlichkeit, manchmal ärgerlich, manchmal beschwörend. Er ist wahrscheinlich das Wort, das mir all die Jahre am häufigsten über die Lippen gekommen ist.«

Er wirkte verzweifelt wie ein kleines Kind, dem man ein Spielzeug weggenommen hat.

»Hieß sie nicht Antonia?«

Er schüttelte den Kopf.

»Claudia?«

Wieder verneinte er mimisch.

»Francesca oder Anna?«

»Piet, du heißt doch Piet? Es hat keinen Zweck, blind in den Nebel zu schießen. Keiner dieser Namen löst etwas bei mir aus. Ich habe einmal bei einem klugen Mann gelesen, dass eine Sache und ihr Name ein besonderes Verhältnis zueinander haben. Das gilt auch für Personen. Bei Kindern ist der Zusammenhang meistens noch sehr eng. Der Name und die Person sind fast das Gleiche. Das ist auch bei primitiven Völkern so. Erst die Erziehung, die Schule, der Einfluss der Erwachsenen löst diese enge Verbindung auf. Dass ich den Namen meiner Frau vergessen habe, ist eine Folge dieser Aufspaltung von Person und Namen und kein Symptom für Demenz.«

»Wie heißt dieser kluge Mann?«

»Das habe ich leider vergessen. Ich glaube, er war Franzose.«

»Warum vergessen wir so viel, Einar? Ist das etwa der Beginn von Alzheimer?«

»Das glaube ich nicht. Ich glaube eher, das ist der Versuch, die Vergangenheit zu entrümpeln wie einen Dachboden voller nutzloser Dinge, die uns einst wichtig waren. Was ist das überhaupt, Demenz.«

»Sie ist keine Krankheit, sondern ein Lebensgefühl. Ihre beste Beschreibung habe ich einmal bei einem deutschen Schriftsteller gelesen. Er hat Medizin studiert und wusste, wovon er redete. In einem seiner Theaterstücke sagt die Hauptfigur: ›Mein Kopf ist ein leerer Tanzsaal, einige verwelkte Rosen und zerknitterte Bänder auf dem Boden, geborstene Violinen in der Ecke, die letzten Tänzer haben die Masken abgenommen und sehen mit todmüden Augen einander an.‹ Ich finde das wunderschön formuliert. Auch wir sehen uns jetzt mit todmüden Augen an. Gib es zu, Einar: Du hast deinen Nebenbuhler umgebracht. Belastet das nicht dein Gewissen?«

»Gewissen? Ein komisches Wort. Ich habe es, glaube ich, noch nie gehört.«

»Gewissen basiert auf der Fähigkeit, Recht und Unrecht voneinander zu unterscheiden, auch wenn sie sich zum Verwechseln ähnlich sind. Nutzt man diese Fähigkeit, um entsprechend zu handeln, hat man ein gutes Gewissen. Ignoriert man sie und tut so, als ob Unrecht Recht sei, hat man ein schlechtes Gewissen. Wie ist es in deinem Fall, wie konnte es zu deiner Tat kommen?«

»Wir hatten seit ihrem Weggang keinerlei Kontakt mehr gehabt. Doch dann erhielt ich irgendwann einen Brief von ihr. Er war in Italien abgeschickt worden, das sah man an den Marken und dem Poststempel. Ich habe ihn immer bei mir.« Er zog ein mehrfach zusammengelegtes Blatt Papier aus seiner Hosentasche, faltete es auseinander und begann zu lesen, wobei seine Stimme zitterte:

»Lieber Einar, ich habe in letzter Zeit oft an Dich gedacht. Wir hatten eigentlich eine schöne Zeit zusammen. Manchmal vermisse ich auch die Kälte des Nordens, den vielen Schnee und das schlechte, viel zu fette Essen. Vielleicht tröstet es Dich zu erfahren, dass ich Antonio verlassen werde. Er ist ein brutaler Mensch. Seine ewige Eifersucht ist unerträglich. Antonio ist zurzeit auf einer Geschäftsreise. Er besitzt mehrere Restaurants, musst Du wissen. Ich habe mir ein Schiffsticket gekauft und fahre morgen von Genua aus nach Amerika. Wenn es mir gelingt, dort Fuß zu fassen, hörst Du von mir.« Einar sah auf. »Unterschrieben hat sie nicht. Sonst wüssten wir jetzt ihren Namen. Aber wenigstens wusste ich jetzt, wie der Schuft heißt, mit dem sie durchgebrannt ist.«

»Wie hast du es geschafft, ihren Lover hierherzulocken?«

»Ich schrieb einen Brief an die auf dem Kuvert angegebene Adresse, von der ich mit Recht annahm, dass es seine Adresse war. Ich gab vor, dass seine Frau zu mir zurückgekehrt sei. Und dass ich sehr glücklich darüber sei. Als

Absender gab ich die Adresse meiner Hütte an. Mein Plan ging auf. Eine Woche später stand er vor der Tür. Mit einem großen Strauß roter Rosen in der Hand. Er war nach Rovaniemi geflogen und hatte die Blumen im Terminal gekauft. Sie ließen in der Wärme der Hütte bald die Köpfe hängen. Er war mit einem Taxi gekommen. Der Fahrer kannte den komplizierten Weg zu meiner Hütte. Er heißt Matti. Matti versorgte mich manchmal mit Dingen, die ich brauchte, Werkzeug, Getränke, Nahrungsmittel. Matti ist Same. Wir mochten uns. Ich hatte ihm vor Jahren einmal aus der Patsche geholfen, als er wegen schwerer Körperverletzung angeklagt war. Matti ist Trinker. Er war damals mit einem Finnen aneinandergeraten. Beide alkoholisiert. Der Finne zwei Köpfe größer und doppelt so schwer. Aber Matti war wie die meisten Samen ungeheuer zäh und gewandt. Er zertrümmerte seinem Gegner mit gezielten Fausthieben die Kniescheiben, sodass dieser stürzte und bewusstlos liegen blieb. Er kam ins Krankenhaus, und Matti hatte ein Verfahren wegen versuchten Totschlags am Hals. Ich fand den Grund für den Streit heraus. Matti war provoziert worden. Sein Gegner gehörte zu einer ausländerfeindlichen Gruppierung. Und die Ureinwohner, die Samen, waren für diese Rechtsradikalen grotESkerweise auch Ausländer, degenerierte Untermenschen. Matti wurde freigesprochen, und seitdem hing er an mir. Mir war von Anfang an klar gewesen, dass ich für die Umsetzung meines Plans einen verlässlichen Komplizen brauchte, und das sollte Matti sein. Ich bat ihn, bei Ankunft der Flüge von Helsinki möglichst am Flughafen zu sein und nach Antonio Ausschau zu halten. Ich beschrieb ihm dessen

Aussehen, wobei ich nicht wusste, wie sehr er sich verändert haben mochte. Doch Matti war schlau. Er erkannte Antonio an den eleganten italienischen Schuhen, die hier oben kein Mensch trägt, weil sie für unser Wetter vollkommen ungeeignet sind. Außerdem war Antonios Gesicht so tief gebräunt, wie es nur die Sonne im Süden schafft. ›Wo ist meine Frau?‹, sagte er und warf den Strauß auf den Tisch. Es war offensichtlich, er stand extrem unter Spannung. ›Sie ist unterwegs. Sie hat nicht so früh mit dir gerechnet. Sie wird in zwei, drei Stunden zurück sein. Seid ihr inzwischen verheiratet?‹ – ›Das ist doch egal. Wir lieben uns, genügt das nicht?‹ Ich schenkte ihm einen doppelten Aquavit ein, den er in einem Zug austrank. ›Willkommen in meiner Hütte‹, sagte ich ruhig und füllte die Gläser erneut. Er hatte sich beruhigt und begann von seiner Beziehung zu reden, von den zahllosen schönen Momenten am Strand, wenn sie nackt aus dem Wasser kam und sich im heißen Sand wälzte und er mit einer Muschelschale von ihrem Körper die Panade der Körner entfernte. Ich tischte das Essen auf. Es war sehr fett. Lachs und anschließend Sauerrahmbrei, wie ich ihn aus Norwegen kannte. Dann heizte ich den Saunaofen ein, stärker als üblich. Das Thermometer zeigte bald über 120 Grad. Es war eine absurde Party. Wir saßen nackt nebeneinander und tranken Chianti aus einer Zwei-Liter-Flasche. Ich hatte das Gefühl, meine Frau sei anwesend und lächele amüsiert über ihre beiden Ex-Liebhaber. Ich hatte einen Schnapsaufguss vorbereitet. Erst hatte ich Wodka nehmen wollen, dann aber hatte ich aus Gründen der Gastfreundschaft Grappa gewählt. Matti hatte mir zwei Flaschen aus dem *Alko Oy* besorgt. Alkohol erweitert die Blutgefäße zusätzlich, die durch das Saunieren ohnehin extrem geweitet sind. In Verbindung mit der Hitze kann das leicht zu einem Kreislaufkollaps führen. Ich selbst war durch meine täglichen Saunagänge abgehärtet. Außerdem habe ich einen sehr stabilen Kreislauf. Bei Antonio war es anders. Ich sah, wie sich auf seiner Stirn Schweißtropfen bildeten. Er hatte seit einer Weile aufgehört zu reden. Ich hielt also den Moment für gekommen, zur Tat zu schreiten. Ich goss die erste Flasche Grappa auf die Lavasteine. Vorsichtig, damit es zu keinem Feuer oder einer Verpuffung kam. Der Alkoholnebel, der sich im Raum verbreitete, betäubte schlagartig die Sinne. Man atmet den Grappa direkt in die Lunge. Ich merkte, wie ich betrunken wurde. Ich goss die zweite Flasche Grappa aus und sank auf die Holzbank. Alles drehte sich, alles war doppelt. Dann fiel ich in Ohnmacht. Als ich wieder zu mir kam, lag er am Boden. Ich kroch zu ihm und fühlte seinen Puls. Antonio lebte nicht mehr. Ich brauchte zwei Tage, um mich von meinem Rausch zu erholen. Dann rief ich Matti an und bat ihn, mich nach Rovaniemi zu fahren. Bevor wir verschwanden, platzierte ich die leere Chiantiflasche neben der Leiche. Ich nahm Matti das Versprechen ab, der Polizei nichts zu erzählen, weder von Antonios Ankunft noch von meiner Abreise. Er schwor es bei den alten Göttern, dem Gott der Wonne, der Winde und der Tiere. Matti war wie viele Samen christianisiert, aber nur an der Oberfläche. In Wahrheit war er immer noch Anhänger des Schamanismus, und die Naturgötter standen für ihn über der Trinität. Jetzt weißt du, was geschehen ist. Jetzt hast du die Lösung deines

Falles. Mich interessiert er nicht mehr. Was mich interessiert, sind die rätselhaften Dinge, die hier geschehen. Die hohe Zahl von Todesfällen zum Beispiel. Ich würde gerne die Hintergründe herausfinden. Ich bin genauso wie du, ich kann es einfach nicht lassen.«

»Es war Mord, Einar. Du hast die Seiten gewechselt. Du bist jetzt kein Ermittler mehr, sondern Täter.«

»In diesem Fall bitte ich dich, meine Existenz und das, was ich dir gebeichtet habe, für dich zu behalten. Leider bist du kein Same und kannst nicht wie Matti bei den Naturgöttern schwören. Ich bitte dich also, schwöre mir beim Gott der Freundschaft, die Klappe zu halten. Übrigens ist der Begriff Mord in diesem Fall ziemlich unscharf. Es war Rache. Das ist ein archaisches Phänomen. Es gibt keine Nation, keine Religion, die nicht das Phänomen der Rache kennt. Rache ist ursprünglich die Wiederherstellung des Rechts. Erst die moderne Rechtsprechung leugnet diesen Tatbestand. Weißt du auch warum? Weil der Staat eifersüchtig ist. Er will das Monopol auf das Strafen. Das war nicht immer so. Denk an Odysseus, der sich an den Freiern rächt, weil sie seiner Frau unrechtmäßig nachgestellt haben. Denk an Hamlet, der sich am Mörder seines Vaters rächt. Du weißt doch, man teilt die Insekten in Schädlinge, Nützlinge und Lästlinge ein. Das gilt auch für die Menschen, wobei die Schädlinge und die Nützlinge zusammen höchstens ein Prozent ausmachen. Die Lästlinge hingegen kommen mindestens auf stolze neunundneunzig Prozent. Wir beide haben früher Schädlinge gejagt und hinter Schloss und Riegel gebracht. Wir hätten besser daran getan, Lästlinge auszuschalten. Sie sind das eigentliche Übel. Antonio war ein Lästling.«

»Ich kann dir nicht ganz folgen, Einar. Deine Frau hat dich schließlich freiwillig verlassen. Dieser Antonio war nur der Auslöser. Du hattest keinen Grund, dich an ihm zu rächen. Es war eine Art Ehrenmord.«

Einar erhob sich und begann zu lachen. Dabei begann er im Kreis zu laufen. Er hatte sich stark verändert. Nur seine Augen waren noch so strahlend blau wie früher. Er fuhr fort: »Wie kannst du in diesem Zusammenhang von Ehre reden. Es war die Pizza. Die verdammte Margherita. Sie ist an allem schuld. Übrigens hieß meine Frau nicht Margherita? Ich hoffte damals inständig, dass man die Leiche Antonios erst finden würde, wenn sie so stark verwest wäre, dass man sie nicht mehr identifizieren könnte. Ein Wunsch, der, wie sich gezeigt hat, in Erfüllung ging. Piet, wir sollten zusammenhalten. Irgendetwas stimmt hier nicht. Lass uns einen letzten Fall gemeinsam lösen.«

»Was stimmt hier nicht?«

»Diese Villa ist mehr als ein Pflegeheim. Das Heim ist nur die Fassade. Du weißt ja, dass sie hier auch ein Labor haben für irgendeine wichtige Forschung, die Erblindung betreffend. Und ich vermute, dass wir Alten die weißen Mäuse sind, die Versuchskaninchen.«

»Warum wendest du dich mit deinem Verdacht nicht an die Polizei?«

»Das ist sinnlos. Die Villa hat eine enorme Reputation. Ebenso wie ihr Leiter und das ganze Personal. Die jährliche Überprüfung durch die Gesundheitsbehörde hat keinerlei

Unregelmäßigkeiten ergeben. Und außerdem: Ich kann nicht zur Polizei gehen. Für die bin ich ja längst schon tot.«

»Ich werde über das alles nachdenken, Einar. Und vielleicht helfe ich dir wirklich. Eigentlich aber glaube ich, es wäre besser, wir verschwinden hier gemeinsam.«

»Es ist zu spät, Piet. Außerdem schützt mich meine Demenz wie eine Fruchtblase. Man wird mir nichts antun.«

Einar erhob sich

»Sehe ich dich heute Abend beim Essen?«

»Man hat mir verboten, in Gemeinschaft zu essen. Ich bekomme meine Mahlzeiten auf mein Zimmer gebracht. Doktor Chandar sagt, ich habe den Tunnelblick. Eingeschränktes Sehfeld. Der Beginn einer unheilbaren *Retinitis pigmentosa*. Die lichtempfindlichen Zellen sterben ab. Von außen nach innen. Erst die Stäbchen, dann die Zäpfchen. Deshalb verbinden sie mir abends immer die Augen; das soll den Degenerationsprozess verlangsamen. Die Krankheit ist übrigens vermutlich genetisch bedingt. Mein Vater ist am Ende seines Lebens tatsächlich blind gewesen.«

Einar wandte sich zum Gehen. Auch Piet war aufgestanden. Sie umarmten sich flüchtig. Dann ging Einar. Sein Freund blickte ihm nach. Eine Pflegerin in weißem Kittel näherte sich Einar, hakte ihn unter und lotste ihn zurück zur Villa.

12

Am Abend saß Doktor Lau wieder an Piets Tisch. Er schien es zu genießen, sich mit ihm zu unterhalten. »Wissen Sie was eine Superposition ist, Hieronymus *xiānsheng*?«

»Erklären Sie es mir.«

»Es ist ein Begriff aus der Quantenphysik. Er bezeichnet die Überlagerung zweier unterschiedlicher Zustände eines Elementarteilchens. Es ist zugleich Welle und Teilchen. Wie die berühmte schrödingersche Katze, die zugleich lebendig und tot ist. Wie all die Leute hier.« Er deutete mit einer ausholenden Bewegung auf die Menschen an den anderen Tischen.

»Das ganze Leben ist nach meiner Erfahrung eine einzige Superposition aus Hoffnung und Enttäuschung«, sagte Piet.

»Sie haben recht. Superpositionen sind häufiger als man denkt. Dabei handelt es sich um äußerst fragile Zustände. Sie brechen bei der geringsten Störung von außen zusammen und machen einer simplen Eindeutigkeit Platz. Es reicht schon, dass man sie von außen beobachtet oder einer Messung unterzieht.«

»Dann ist man Hysteriker, entweder depressiv oder euphorisch.«

»Was halten Sie davon, Doktor Hieronymus, wenn wir

uns nachher weiter über dieses interessante Thema unterhalten? Ich würde Sie gerne auf eine Tasse Tee in meine Wohnung einladen. Sagen wir in einer halben Stunde? Ich wohne im Nebengebäude Nummer drei.«

Doktor Lau wischte sich seinen fettigen Mund mit einer großen Serviette ab und strahlte vor Zufriedenheit.

»Gerne«, sagte Piet.

»Dann bis gleich.«

Eine halbe Stunde später klingelte Piet an der Eingangstür des Nebengebäudes Nummer drei, einem schlichten Bungalow aus Holz. Der Gastgeber führte ihn durch einen Flur voller Bilder, alles Aquarelle chinesischer Landschaften, in einen großen Raum. Auf dem Boden lag ein großer blauer Teppich mit weißen Vögeln. Die Wände bedeckte eine rote Seidentapete. Wenn man den Teppich betrat, glaubte man, den Himmel zu Füßen zu haben. Einziges Mobiliar waren zwei opulent verzierte Stühle aus Sandelholz, ein niedriger Tisch mit einer Messingplatte sowie an den Wänden Regale mit zahllosen Büchern.

Sie nahmen Platz. Piet stellte fest, dass er noch nie so unbequem gesessen hatte. Doktor Lau zeigte auf die vielen Buchrücken. »Das ist mein Gedächtnis. Es reicht viele Jahrhunderte zurück. Da ist zum Beispiel das *I Ging* oder, wie man es auch nennt, *Das Buch der Wandlungen*. Ein uraltes Werk voller Lebensweisheiten. Ich besitze ein besonders wertvolles Exemplar.«

Er erhob sich, zog einen prächtig gebundenen Band aus dem Regal und legte ihn vor Piet auf den Tisch. Kurz danach schwenkte eines der Bücherregale zur Seite, und eine groß gewachsene, schlanke Chinesin erschien. Sie trug den klassischen Qipao, ein Schlauchkleid aus roter Seide, mit Lotusblumen gemustert und auf einer Seite bis fast zur Hüfte geschlitzt. Sie verbeugte sich dreimal tief in Richtung der beiden Männer, wobei ein wohlgeformtes Bein sichtbar wurde. Dabei lächelte sie herausfordernd. »Bring uns bitte einen grünen Tee und eine Flasche Moutai«, sagte der Gastgeber.

Sie verbeugte sich noch einmal und verschwand. »Das ist Frau Feng, meine Assistentin und Geliebte«, sagte Lau. »Sie ist außerordentlich gelenkig. Eine Herausforderung für einen Mann in meinem Alter. Haben Sie schon einmal Moutai getrunken?«

Piet schüttelte den Kopf.

»Dann steht Ihnen gleich ein einmaliges Erlebnis bevor. Dieser Branntwein aus Hirse und Weizen wird in meiner Heimat seit tausend Jahren nach dem gleichen Rezept hergestellt. Es gibt auf dem ganzen Globus nichts Vergleichbares. Ein Symbol unserer Kultur.«

Frau Feng erschien mit einem Tablett, auf dem ein Kännchen Tee, zwei Teeschalen, zwei grüne, fingerhutgroße Becher aus Jade und eine rot-weiße Flasche standen. Sie stellte alles auf den Tisch, schenkte Tee ein und füllte die winzigen Becher aus der Flasche. Dann verschwand sie unter erneuten Verbeugungen rückwärts durch die Büchertür. Doktor Lau hob den Becher und prostete Piet zu: »Ganbei!« Das Getränk fuhr wie ein Blitz in Piets Inneres. Er hatte das Gefühl, ein lichterloh brennender Baum würde mit flammenübersäten Ästen seine Adern füllen.

»Sie sind Gast in meinem Chinesischen Zimmer«, sagte Doktor Lau. »Sie kennen diesen Begriff?«

»Bezeichnet er nicht ein Gedankenexperiment, mit dem ein amerikanischer Philosoph die Unmöglichkeit eines denkenden Computers beweisen wollte? Sein Name ist mir entfallen.«

»Searle, John Searle. Ein dummer Mensch, ein typischer Amerikaner. Sie kapieren komplexe Dinge nicht. Vergleichen Sie nur ihre Küche mit der chinesischen. Steak und Burger gegen die Vielfalt unserer Gewürze und Wokgerichte. Searle dachte sich ein Zimmer aus, in dem ein Mensch sitzt, der des Chinesischen nicht mächtig ist. Man kann in das Zimmer nicht hineinsehen. Es ist eine Blackbox. Außerhalb des Zimmers sitzt ein Chinese und schiebt Zettel mit chinesischen Texten, kleinen Geschichten und Fragen durch einen Schlitz in das Zimmer. Der Mann soll die Fragen beantworten, obwohl er den Text nicht lesen kann. Aber er verfügt über ein in seiner Sprache verfasstes Handbuch, in dem alle chinesischen Schriftzeichen enthalten sind, außerdem Anweisungen, welche Zeichen er, abhängig von den Zeichen auf den Zetteln, auf seinen Antwortzettel zu übertragen hat. Es gibt über 100 000 chinesische Schriftzeichen, von denen aber gewöhnlich nur 4000 bis 5000 in Gebrauch sind. Doch was für eine Fülle ist das verglichen mit den 26 Buchstaben des lateinischen Alphabets. Jedes dieser Zeichen steht für eine Silbe oder ein ganzes Wort. Das gleiche Zeichen kann mehrere Bedeutungen haben. Das Zeichen Tian kann zum Beispiel Himmel bedeuten, aber auch Wetter, Gott, Natur, Tag, Jahreszeit oder einfach nur einen Namen. Diese Komplexität macht es so schwer, unsere Schrift zu lernen und von einer Computertastatur erfassbar zu machen. Searle hat offenbar nichts davon verstanden. Er behauptet, dass der Mann in seinem Zimmer mithilfe des Handbuchs und eines grafischen Vergleichs der Zeichen und der im Handbuch enthaltenen Anweisungen in der Lage ist, sinnvolle Antworten niederzuschreiben, die er selbst nicht verstehen kann. Er funktioniert dabei wie ein Automat, wie ein herkömmlicher Computer mit einer Übersetzungssoftware, ohne Bewusstsein, ohne Kreativität. Er malt das Ergebnis seiner Recherche also rein mechanisch und ohne es verstehen zu können auf neue Zettel, die er durch einen zweiten Schlitz nach draußen schiebt. Der Chinese draußen liest sie und kommt zu dem Schluss, dass im Zimmer ein Muttersprachler sitzt. Das hielt Searle für einen Beweis der Behauptung, Computer und Roboter seien zwar in der Lage, ein vorgegebenes Programm korrekt auszuführen, aber sie seien niemals fähig zu eigenem Denken, zu dem, was man starke künstliche Intelligenz nennt, starke KI. Der Mann im Chinesischen Zimmer simuliert Searles Meinung nach nur starke KI, in Wahrheit handelt es sich bei seiner Tätigkeit nur um schwache KI, um rein formale Mustererkennung, um eine stupide Ausführung von Anweisungen und Vorgaben. Das ist jedoch grundfalsch. Allein um die Mehrdeutigkeit chinesischer Schriftzeichen in einen sinnvollen Text, eine glaubwürdige Antwort zu integrieren, braucht es viel Kreativität. Searle hat mit seinem Gedankenexperiment also genau das Gegenteil von dem bewiesen, was er zeigen wollte. Er hat die Möglichkeit einer starken KI unfreiwillig bestätigt. Wenn es irgendwann die ersten wirklich funktionsfähigen Quantencomputer gibt, die in der Lage sind, komplexe Systeme zu generieren, dann wird die starke KI da sein und die Welt fundamental verändern.«

Er schenkte die Becher mit einem triumphierenden Lächeln in seinem Mondgesicht erneut voll. »Ganbei«, sagte er. Beide tranken. Diesmal brannte der Baum nicht mehr so stark

»Und die Gefühle? Wird es sie dann noch geben? Liebe? Hass? Leidenschaft? Verachtung? Verzweiflung?«

»Das sind alles hormonell gesteuerte Empfindungen der menschlichen Spezies, die der Vermehrung, der Reduplikation der Individuen im Rahmen der Evolution dienten. Es waren gewissermaßen Voraussetzungen für sinnvolle Mutationen. All das wird in der starken KI-Welt überflüssig. Roboter brauchen keine Vermehrung, sie müssen sich nur selbst reparieren können. Dazu braucht es keinen Sex und keine Emotionen, kein sublimiertes Triebleben, wie es dieser kluge Seelendoktor Freud nannte. Hormone sind nichts anderes als ein störendes Signal bei der Wahrheitsfindung. Sie behindern das Erreichen des Ideals der Objektivität.«

»Und die Moral? Ist sie nicht nötig für ein gedeihliches Zusammenleben der Menschen?«

»Das stimmt allerdings. Die Menschen brauchen sie, weil sie Defizite haben, was die Vernunft anbelangt. Moralgesetze sind ein Korrektiv für irrationale Eigenschaften einer Person, die einem ausufernden Triebleben zu verdanken sind. Eine Art Antivirenprogramm der Seele. Roboter mit funktionierender starker KI brauchen dieses Programm nicht. Sie verkörpern ausschließlich Effektivität, Vernunft, Rationalität. Da sie keine Seele haben, müssen sie auch nicht böse, nicht aggressiv, nicht machtbesessen sein. Sie haben auch nie Depressionen oder sind grundlos euphorisch.«

»Aber sind sie dann nicht auch unfähig, glücklich zu sein.«

»Glück? Was ist das schon. Waren Sie je glücklich?«

»Ich habe es mir jedenfalls zuweilen für Augenblicke eingebildet.«

»Jaja. Auch ich kenne diesen Rauschzustand. Er vergeht schnell. Der Kater danach hält länger an.«

Doktor Lau füllte die Becher abermals bis zum Rand. Sie kamen Piet inzwischen groß wie Pokale vor. Der Gastgeber selbst zeigte keinerlei Anzeichen eines Rausches. Ungerührt fuhr er fort. »Kommen wir noch einmal auf das zurück, was die Quantenphysiker Superposition nennen. Es handelt sich, wie schon gesagt, um eine Überlagerung verschiedener Eigenschaften. Wir Chinesen haben ein besonderes Verhältnis zur Superposition. Das zeigt sich auch im Daoismus, unserer wichtigsten Philosophie. Yin und Yang sind zwar Gegensätze, aber sie durchdringen einander, kommen fast nie in reiner Form vor. Wir haben daher auch ein anderes Verhältnis zum Tod. Er ist kein Sensenmann wie bei den Christen, keine Bedrohung, er ist Yin, die dunkle Seite des Berges, die große Ruhe nach den Anstrengungen des Lebens.«

Piet riss sich zusammen und bemerkte: »Der eigentliche Vorgang des Sterbens, der nach Experten zwischen zwanzig

Sekunden und anderthalb Minuten dauert, ist demnach ein Beispiel für den Übergang einer mehrdeutigen Superposition in die Eindeutigkeit.«

»Korrekt. Und damit verbunden ist ein geradezu gigantisches Anwachsen der Entropie.«

»Das heißt so viel wie: der Unordnung, der Strukturlosigkeit. Ein menschliches Organ hat mehr Struktur als ein Haufen von Molekülen nach der Verwesung.«

»Völlig richtig. Entropie ist bekanntlich nicht nur, wie in der Thermodynamik, ein Maß der Ordnung beziehungsweise Unordnung. Sie ist auch ein Maß der Informationsmenge. Je niedriger die Entropie, desto höher die Information. Der Buchstabe Y hat innerhalb des Alphabets Seltenheitswert. Seine Entropie ist also niedrig, sein Informationsgehalt entsprechend hoch. Das Umgekehrte gilt für das häufige E. Mit Menschen ist es genauso. Es gibt Y-Menschen, das sind die Genies, die Künstler, die Entdecker, die selten sind, und es gibt E-Menschen, die Durchschnittlichen, die weitaus häufiger sind. Ich nehme an, Sie sind ein Y-Mensch.«

»Zu viel der Ehre. Ich wäre gerne ein Y-Mensch geworden, aber ich fürchte, ich habe es allenfalls bis zum weniger seltenen Buchstaben U gebracht.«

Wieder schenkte Lau nach. Piet spürte, wie die Sätze, die zu formulieren ihm immer schwerer fiel, inzwischen wie von selbst aus einer Stille kamen, die ihn wie ein Mantel einhüllte. Doktor Lau trank genauso viel wie er, aber ihm merkte man den Alkohol nicht an. Trinkfestigkeit war offenbar ein Ideal der chinesischen Kultur. Schon die chinesische Sprache, dachte Piet, verhinderte durch ihren gutturalen Charakter, dass man eine unsaubere Artikulation, ein Lallen als solches erkannte.

Erneut bediente Lau die Glocke und orderte eine zweite Flasche Moutai, denn die alte war inzwischen leer. Piet hielt seine Hand über den kleinen Becher, aus chinesischer Sicht eine durchaus unhöfliche Geste für einen Gast. Doktor Lau schob ungerührt die Hand beiseite und schenkte nach. Beide leerten den Becher. Dann fuhr der Gastgeber in seinen Belehrungen fort. »Die Parallelen zwischen Daoismus und Quantentheorie sind schon seit hundert Jahren bekannt. Heisenberg, de Broglie, Schrödinger, Einstein, um nur die wichtigsten dieser Physikrebellen gegen das traditionelle Weltbild zu nennen, sie alle hatten schon zu Anfang des letzten Jahrhunderts den plumpen Dualismus der abendländischen Erklärungsmodelle der Welt hinter sich gelassen. Unschärferelation, komplementäre Größen wie Impuls und Bewegung, der Doppelcharakter von Welle und Teilchen, Verschränkung, Akausalität wurden zentrale Begriffe ihrer revolutionären Deutung der Wirklichkeit. In ihnen zeigte sich der Einfluss alter chinesischer Naturbetrachtung. Heute profitiert auch die Kosmologie von diesen Einflüssen. Was ist jene angeblich rätselhafte dunkle Energie, die den Kosmos immer schneller auseinandertreibt, anderes als das Qi? Was sind Materie und Antimaterie anderes als Yin und Yang?«

Er machte eine Pause, um schon wieder nachzuschenken, während Piet, dem abwechselnd heiß und kalt war, tief gebeugt gegen das unaufhörliche Schneetreiben dieser Sätze ankämpfte. Wie aus großer Ferne hörte er Laus Stimme. »Die Philosophie der Europäer verharrte jahrhundertelang im Weltbild eines klassischen Dualismus. Geist und Körper als zwei komplett getrennte Welten. Schwarz oder weiß, niemals grau. Dass Gegensätze ständig ineinander übergehen, dass alles Bewegung ist, hat in Europa erst Hegel begriffen. Die Informationstheorie hat dann in den Vierziger- und Fünfzigerjahren dem Dualismus endgültig den Todesstoß versetzt. Das gilt übrigens auch für die christlich geprägte Ethik, die Gut und Böse als Gegensätze definiert und nicht verstehen will, dass beide Moralbegriffe ebenso miteinander interferieren wie Welle und Teilchen im Quantenfeld. Wir Chinesen haben übrigens nicht nur den Kompass, das Papier, den Buchdruck und das Schießpulver erfunden, sondern auch die digitale Sprache, die den konventionellen Computern zugrunde liegt, und das vor über tausend Jahren. Sehen Sie mal.«

Er blätterte das *Buch der Wandlungen* auf. »Es gibt in diesem vor über viertausend Jahren begonnenen Werk 64 verschiedene Zeichen aus jeweils sechs durchgezogenen oder unterbrochenen Linien, sogenannten Hexagrammen. Das ist eine duale Codierung wie Ja oder Nein, 0 oder 1, eine digitale Sprache, in der sich extrem schnell rechnen lässt oder sich auch, wie in diesem Fall, ewig gültige Lebensweisheiten verschlüsseln lassen. Die durchgezogenen Linien bedeuten Stärke, wie ein erigierter Penis. Die in der Mitte durch eine Lücke unterbrochene Linie bedeutet Schwäche, Nachgiebigkeit, Weichheit, mit anderen Worten, sie symbolisiert weibliche Eigenschaften.«

Er schenkte nach. hob seinen Becher und sagte sauber artikulierend: »Ganbei, mein Freund.« Auch Piet hob seine beiden Becher, denn er sah inzwischen doppelt, und lallte »Ganbei«.

»Von den 64 Zeichen sind nur zwei rein, mit sechs durchgezogenen Linien beziehungsweise sechs unterbrochenen Linien. Das Erstere bedeutet Kiän, das ist höchste Männlichkeit, Schöpferkraft, Himmel, das zweite bedeutet Kun, höchste Weiblichkeit, das Empfangende, die Erde. Die Erde trägt den Himmel, beide brauchen sich. Alle Situationen des Lebens bestehen aus einer Mischung, einer Superposition der beiden Extreme Kiän und Kun. Diese Erkenntnis ist der Weisheit unseres Volkes zu verdanken, und deshalb ist die heutige politische Situation in meinem Heimatland, die nur auf das Kiän setzt und das Kun vergisst, zutiefst unchinesisch.«

Piet spürte, dass er über keinerlei Willenskraft mehr verfügte.

»Übrigens sind alle ungeraden Zahlen männlich, während die geraden weiblich sind. Mit einer Ausnahme, die Zwei, denn sie ist eine Primzahl und zugleich gerade. Sie ist deshalb die stärkste Primzahl. Sehen wir uns mal eines der vielen Zeichen näher an.«

Lau schlug das *Buch der Wandlungen* auf und deutete auf ein Symbol. »Das ist das Dschun:

Es beschreibt das Wesen aller Anfangsschwierigkeiten. Es besteht aus zwei Dreiergruppen, oben das Kan, eine durchbrochene Linie, dann eine durchgezogene und darunter wieder eine durchbrochene Linie. Es ist das Symbol für Wasser. Es bedeutet das Gefährliche, das Fließende, den Regen, den Blitz, eine Kraft, die nach unten zielt. Darunter befindet sich das Dschun, zwei durchbrochene Linien und am Schluss eine durchgezogene. Das Zeichen für den Drachen. Es ist das Symbol für das Erregende, das Aufstrebende, den Donner. Wo beide aufeinandertreffen, gibt es heilsame Entspannung. Ein Gewitter löst die atmosphärische Spannung in der Luft. Es beginnt sanft zu regnen. Fruchtbarkeit stellt sich ein. Das ist die reinigende Kraft eines Gewitters. All das gilt auch für viele Lebenssituationen. Am Anfang steht die Schwierigkeit, dann folgt die Entspannung. Ist das nicht von großer Lebenserfahrung geprägt? Die Schwierigkeiten am Anfang sind sehr wichtig, damit es zu einer glücklichen Lösung kommen kann. Sie werden das kennen von Ihrer ersten Liebe. Anfangs lauter Schwierigkeiten, Probleme, doch irgendwann, vielleicht bei der dritten, der vierten, der zehnten Liebe kommt die Erfüllung. Ähnlich ist es in der Wissenschaft. Wir müssen Anfangsschwierigkeiten in Kauf nehmen, ja geradezu begrüßen, denn es beweist, dass wir auf dem richtigen Weg sind. Fehlt das Dschun, sind wir Opfer einer Illusion. Anfangsschwierigkeiten und Probleme hat es bei unseren medizinischen Forschungen hier in der Villa auch zur Genüge gegeben. Aber ich habe mich davon nicht entmutigen lassen. Im Gegenteil, sie haben mich beflügelt. Und jetzt stehen wir kurz vor dem Durchbruch. Doch darüber ein andermal mehr.«

Doktor Lau schloss die Augen. Es wirkte, als ob er schliefe. Dann sagte er salbungsvoll: »Lassen Sie uns nun vom Tod sprechen. Was er in der chinesischen Philosophie bedeutet. Ich vermute, dass Sie das interessieren wird. Steht Ihnen doch das Lebensende schon bald bevor. Für uns ist das nichts Erschreckendes. Der Tod ist für uns immer schon da, seit der Geburt. Er ist ein ständiger Begleiter des Lebens. Alles während unserer kurzen Lebenszeit ist geprägt von einer Superposition von Tod und Leben, ob wir nun einschlafen, träumen, lieben, krank sind oder uns nach etwas Unerfüllbarem sehnen. Es hängt mit der Superposition von Yin und Yang zusammen. Sie treten immer gemeinsam auf. Man stirbt erst auch physisch, wenn das Yang verbraucht und nur das Yin noch übrig ist, denn es gibt dann keine Bewegung mehr. Ein Quantenphysiker würde sagen, nur das Teilchen ist noch übrig, während seine Wellenfunktion erloschen ist. Der Tod ist weich, der Tod ist weiblich, der Tod ist Yin. Körperseele und Hauchseele zerfallen bei seinem Eintritt zum Qi. Es ist ähnlich wie bei Materie und Antimaterie. Sie zerstrahlen am Ende ihres kurzen Daseins zu reiner Energie. Doch es gibt einen Trost. Das Qi wird dadurch stärker, sodass aus ihm irgendwann wieder neues Leben entsteht. Trinken wir auf das neue Leben, Hieronymus *xiānsheng*.«

Piet hörte schon lange nicht mehr zu. Laus Stimme strömte an seinen Ohren vorbei wie ein schäumender Fluss. Wie und wann er zu seinem Zimmer gelangt war, wusste er später nicht mehr. Als er gegen Morgen aufwachte, sah er sein Skelett an der Wand tanzen. Er hörte die Knochen wie Kastagnetten klappern. Zu deren Rhythmus schlief er wieder ein, ohne die Schlaftablette genommen zu haben. Er hatte sie vielmehr wie immer aus der Box entfernt und in dem Behälter verwahrt, in dem auch seine beiden Hörgeräte lagen.

13

Piet Hieronymus rief Hue an. Diesmal schon direkt nach dem Frühstück. Es dauerte eine Weile, bis er ihre Stimme hörte. »Du hast gestern nicht angerufen. Ich habe mir Sorgen gemacht.«

»Ich war eingeladen. Bei Doktor Lau. Ein interessanter Mann. Hochgebildet. Er arbeitet hier. Ich vermute, er ist Leiter des Labors. Er hat mich mit einem chinesischen Traditionsschnaps betrunken gemacht und versucht, mir die chinesische Philosophie nahezubringen. Ich habe einen fürchterlichen Brummschädel. Ich weiß nicht mal, wie ich in mein Bett gekommen bin. Wahrscheinlich hat mich Frau Feng, Laus Geliebte, dorthin gebracht. Ich erinnere mich verschwommen an ein langes, nacktes Bein. Hier geschehen merkwürdige Dinge. Einar hat behauptet, dass im medizinischen Labor der Anstalt Versuche an Patienten gemacht werden. Das passt zu Chandars Bemerkung, man würde mit Netzhautverpflanzung experimentieren. Einar hat auch gesagt, dass es eine rätselhafte Häufung von Todesfällen gibt. Du musst mir helfen.«

»Wie denn?«

»Geh zum Krankenhaus und bitte um eine Audienz bei

einem eurer Augenärzte, unter dem Vorwand, ein Freund von dir habe ein schweres Augenleiden. *Ablatio retinae.* Netzhautablösung. *Retinitis pigmentosa.* Absterben der lichtempfindlichen Zellen der Retina. Frage, ob mittlerweile eine Heilung durch eine Augentransplantation möglich ist. Sie werden dir sicher weiterhelfen, so beliebt wie du dort warst.«

Als Piet am folgenden Tag Einar in seinem Zimmer aufsuchen wollte, fand er die Tür verschlossen. Auf seine Nachfrage erfuhr er, dass Herr Berglund auf der Intensivstation liegen würde. »Kann ich ihn sehen?« – »Das ist leider unmöglich. Wegen der Gefahr einer Ansteckung des Patienten mit Keimen.« Wenige Tage später beobachtete Piet von seinem Zimmer aus, wie ein schwarzer Caravan mit verhängten Scheiben vor dem Eingang des Heims parkte. Wenig später trugen zwei Männer eine Bahre heraus, auf der offenbar ein Mensch lag, und schoben sie in den Wagen. Einer der Träger war Robin, der andere, ein ebenso großer Kerl, war ein Chinese, den Piet schon einige Male an Doktor Laus Seite gesehen hatte. Der Mensch auf der Bahre war wohl nicht mehr am Leben, denn sein Körper war vollständig von einem schwarzen Tuch bedeckt. Piet ging auf den Flur. Die Tür von Einars Zimmer stand offen. Man sah ein leeres Bett und eine Frau, die dabei war, den Raum gründlich zu reinigen.

»Wissen Sie, wo Herr Berglund ist?«, fragte Piet.

»Wenn es so was wie ein Jenseits gibt, dann ist er jetzt dort. Ich weiß nur, dass er letzte Nacht verstorben ist. Er soll ein schwaches Herz gehabt haben. Wenn Sie mehr wissen wollen, fragen Sie Schwester Alma.«

In dieser Nacht sah Piet Hieronymus wieder Lichtblitze, wenn er die Augen geschlossen hielt oder gegen die dunkle Zimmerdecke starrte. Als er die Nachttischlampe anmachte, zogen schwarze Mückenschwärme über sein Sehfeld, das ihm zudem eingeschränkt vorkam. Er konnte nicht schlafen, so sehr erfüllten ihn Wut und Verzweiflung über den Tod seines Freundes. Die Frage quälte ihn, ob er ihn hätte verhindern können. Aber wie? Die Polizei einschalten? Einar entführen? Das war alles unrealistisch. Er musste sich eingestehen, dass er ohnmächtig der Situation ausgeliefert war. Zum ersten Mal in seinem Leben empfand er Rachegelüste in einer Intensität, die ausreichte, um Mordpläne zu schmieden. Piet stand auf und ging ins kleine Badezimmer. Er starrte in den Spiegel und begann, mit einem Rasierpinsel sein Gesicht einzuschäumen, nicht nur die Wangen, sondern auch die Stirn und die Nase. Als sein Gesicht einer weißen Maske glich, sagte er laut »Bin ich jetzt ein Weißclown, intelligent, tyrannisch und arrogant? Oder bin ich der dumme August, den der Weißclown quält. Wahrscheinlich bin ich beides.«

Als er eine Rasierklinge in den Rasierhobel schob, fiel ihm ein Buch ein, dessen Held wie die anderen Menschen zu lachen versucht, indem er sich die Mundwinkel mit einer scharfen Klinge aufschneidet. Aber das reichlich fließende Blut hindert ihn daran, zu erkennen, ob sein Lachen dem der anderen gleicht.

Piet begann sich mit aller Sorgfalt zu rasieren. Seine Hand zitterte nicht mehr. Er war jetzt ganz ruhig. »Einar«, sagte er, »ich werde herausfinden, was geschehen ist. Das bin ich dir schuldig.«

Er ging nicht zum Frühstück. Vom Fenster aus konnte er den Eingang des Labors sehen. Er wollte abwarten, bis Doktor Lau erscheinen würde und sich den Zeitpunkt notieren. Piet vermutete, dass Lau immer zur gleichen Zeit ins Labor ging. Eine halbe Stunde nach dem Frühstück sah er ihn. Lau öffnete die Tür mit seinem Smartphone. Natürlich konnte Piet nicht erkennen, welche Nummer er zu diesem Zweck in die Tastatur eintippte. Merkwürdigerweise hatte er Lau noch nie beim Verlassen des Labors gesehen. Vielleicht gab es einen zweiten Ausgang.

Als er Schritte auf dem Flur hörte, öffnete er die Tür. Es war Schwester Alma. »Wohin hat man Herrn Berglund gebracht?«, fragte er sie.

»In die städtische Pathologie. Er wird obduziert.«

»Woran ist er denn gestorben?«

»An einem Herzinfarkt. Ein schöner Tod. Er hat nichts gemerkt. Er war übergewichtig. Außerdem hat er getrunken. Ich habe nie herausgefunden, woher er den Stoff bekam. Manchmal besuchte ihn ein kleiner Mann. Ein Same. Vielleicht war das seine Quelle.«

Später rief Piet Hue zur verabredeten Zeit an. Sie hatte Neuigkeiten. »Stell dir vor, ich arbeite wieder im Krankenhaus. Als ich anrief, haben Sie mir einen Termin bei einem der Augenärzte vermittelt und mich gleichzeitig gefragt, ob ich nicht wieder zurückkehren könnte. Sie würden mich dringend brauchen. Ich habe Ja gesagt, unter der Bedingung, jederzeit wieder gehen zu können. Ich weiß ja nicht, wann du mich wieder brauchst. Ich habe auch schon mit dem Augenarzt gesprochen. Er sagt, Augen zu transplantieren sei kein großes Problem. Die Augen von Verstorbenen lassen sich zwei Wochen in einer Nährlösung und gut gekühlt frisch halten. Aber eine Transplantation mache keinen Sinn, weil man bislang an einer Verbindung des implantierten Auges mit dem Sehnerv gescheitert sei. Es wäre eine rein ästhetische Sache, und Glasaugen seien heutzutage so perfekt gemacht, dass man sie von natürlichen nicht unterscheiden könne. Ich fragte den Arzt auch nach der Möglichkeit einer Implantation einer künstlichen Retina. Er meinte, 120 Millionen Sehzellen und eine Million Ganglienzellen sorgen dafür, dass der Sehnerv ein scharfes Bild ans Gehirn sendet. Die besten künstlichen Netzhäute besitzen demgegenüber nur 1500 Mikrochips. Das führt zu nur drei Prozent Sehleistung. Man erkennt damit verschwommen dreißig Zentimeter große Buchstaben. Für einige Blinde ist das bereits ein Wunder, aber richtig erfolgreich wird eine Retinatransplantation erst sein, wenn es gelingt, die Anzahl der Chips zu verzehnfachen. Es soll Wissenschaftler geben, die das mithilfe von Organoiden versuchen. Eine aus pluripotenten Stammzellen gezüchtete Retina mit Stäbchen und Zäpfchen, die elektrische Impulse erzeugen, die man an den Sehnerv weiterleiten kann. Sehr weit scheint man auf diesem Weg aber noch nicht vorangekommen zu sein.«

»Die Verbindung von Wetware und Hardware. Genau daran arbeitet Doktor Lau.«

An diesem Tag war schönes Wetter. Es war mild, und die tief stehende Sonne schien eine ungewohnte Kraft zu haben. Piet ging in den Park und setzte sich zu den anderen Insassen auf eine Bank. Der Mann neben ihm nahm die Sonnenbrille ab und blickte ihn aus einem blauen und einem braunen Auge an.

In den nächsten Tagen blieb der Platz neben Piet am Esstisch leer. Es hieß, Doktor Lau sei auf einer Dienstreise, begleitet von seiner Assistentin Frau Feng. Er sei nach Peking geflogen, um sich mit den neuesten Erkenntnissen der KI-Forschung vertraut zu machen.

Piet war schon länger klar, dass es nur einen offiziellen Weg für ihn gab, in das Labor zu gelangen: Als schwerkranker Patient und lebendes Versuchskaninchen. Oder er musste einbrechen. Laus Dienstreise bot jetzt die Gelegenheit, wenigstens in das Chinesische Zimmer zu gelangen. Vielleicht würde er dort wichtige Hinweise finden.

Nach dem Abendessen holte Piet sein Werkzeug, das zum Knacken eines Sicherheitsschlosses nötig war, sowie eine kleine Taschenlampe aus seinem Koffer. Es war stockfinster und hatte zu regnen begonnen. Die Eingangstür des Bungalows Nummer drei war durch ein einfaches BKS-Schloss gesichert. Er brauchte dennoch ziemlich viel Zeit, um sie mit einem Hook-Pick zu öffnen, denn er war aus der Übung. Im Chinesischen Zimmer ließ er den Lichtkegel der Lampe über die Einrichtung gleiten. Nichts Ungewöhnliches war zu sehen. Alles war aufgeräumt. Dann fiel sein Blick auf das *Buch der Wandlungen*. Er zog das überraschend schwere

Buch heraus und steckte es in seine Manteltasche. Warum er das tat, vermochte er nicht zu sagen. Vielleicht war es simple Neugier, vielleicht Intuition. Nur wenig später schwenkte jedenfalls das Regal zur Seite, genau wie damals bei seiner Einladung durch Doktor Lau, und gab den Blick auf eine kleine Küche frei. Auch hier herrschten peinliche Ordnung und Sauberkeit. Keinerlei Auffälligkeiten. Im Hintergrund bemerkte Piet einen Vorhang. Als er ihn zur Seite schob, wurde eine Treppe sichtbar, die in den Keller hinabführte. Während sich hinter ihm die Tür zum Chinesischen Zimmer automatisch wieder schloss, stieg er die Treppe hinunter und landete vor einer gepanzerten Tür. Sie hatte weder eine Klinke noch ein Schloss, dafür einen kleinen Kasten mit zwei Tasten, auf denen jeweils ein Symbol zu sehen war, eine durchgezogene und eine durchbrochene Linie. Es war offenbar ein elektronisches Schloss, dessen Code aus einem Zeichen aus dem *Buch der Wandlungen* bestand. Piet konnte sich an die ersten beiden Hexagramme erinnern, das Kiän und das Kun. Er tippte sechsmal die geschlossene Linie. Nichts geschah. Dann tippte er sechsmal die durchbrochene Linie, auch das ohne Erfolg. Er holte das *Buch der Wandlungen* aus der Manteltasche, blätterte darin und tippte weitere Hexagramme ein. Nichts geschah. Das achtzehnte Zeichen bestand aus einer durchgezogenen Linie, unter der sich drei durchbrochene befanden. Das bedeutete dem Buch nach Stillhalten oder Berg. Dann folgten zwei durchgezogene und eine durchbrochene Linie. Das Sanfte oder der Wind. Das ganze Zeichen nannte sich Gu und stellte eine Schüssel voller Würmer dar, das Symbol für das Verdorbene, das es zu reinigen galt. Als Piet diesen Code eingab, blinkte eine Diode dreimal. Die Stahltür schwenkte zur Seite und gab den Blick in einen Gang frei. Er schien sehr lang zu sein und war von einer Notbeleuchtung schwach erhellt. Piet betrat den Gang, und abermals schloss sich die Tür wieder automatisch hinter ihm. Während er weiterging, versuchte er auf seinen Krücken Schritte zu machen, die ungefähr einen Meter durchmaßen. Nach etwa zweihundert Metern kam er an eine Tür, die nicht abgeschlossen war. Ungefähr so weit war es oben im Park bis zum Labor. Hinter der Tür führte eine Treppe hoch in einen großen Raum, den Arbeitsplatz des Doktors. Überall Geräte, Mikroskope verschiedener Größe, Kästen und Schränke mit gläsernen Fronten, Brutkästen mit digitaler Temperaturanzeige, Kühlschränke, mikrobiologische Arbeitsplätze, Zentrifugen, Stapel von Petrischalen. Piet öffnete einen der Kühlschränke. Als er mit seiner Taschenlampe hineinleuchtete, erkannte er ein Glas, in dem zwei Augäpfel mit stahlblauer Iris schwammen. Sie schienen ihn anzublicken, ein Blick, der ihn verwirrte, als hätte man ihn bei einer Straftat ertappt.

In einem Nebenzimmer befand sich eine komplette Chirurgie mit Operationstisch, Schränken mit chirurgischen Instrumenten, darunter viele Rundmesser, mit denen man seit Jahrhunderten Löcher in Schädel bohrt. In einem anderen Nebenraum befanden sich längliche Kästen, die wie Särge aussahen.

Plötzlich hörte er Stimmen. Kehlige, gutturale Laute. Es klang chinesisch. Doktor Lau und Frau Feng waren offenbar zurück. Er saß in der Falle. Dass er nicht in Panik verfiel, lag wahrscheinlich an den vielen Schmerzmitteln, die er einnehmen musste, wobei Schwester Alma immer neben ihm stand, um zu kontrollieren, ob er sie auch einnahm.

Die Stimmen kamen näher. Er musste ein Versteck finden. Das war schwierig in diesen übersichtlichen Räumen voller technischer Geräte. Das Nebenzimmer mit den Särgen fiel ihm ein. Er ging hinüber, schloss die Tür, knipste seine Taschenlampe an, schob einen der lose aufgelegten Deckel zur Seite, legte seine beiden Krücken hinein und kletterte mit einiger Mühe hinterher. Er knipste die Taschenlampe aus und lag still und stocksteif wie ein Toter in der engen Finsternis. Sie waren jetzt nebenan. Sie redeten ständig miteinander. Dann ging das Licht im Lagerraum an: Er sah es durch die Ritze zwischen Deckel und Sarg. Jemand rief etwas. Es war Frau Fengs Stimme. Das Licht ging wieder aus, und eine Tür klappte zu. Er wartete. Die Stimmen entfernten sich, dann war es still. Er schob den Deckel zur Seite und kletterte hinaus, machte die Taschenlampe an und bewegte sich so leise wie möglich durch das Labor. Der Lichtkegel fiel auf den Kühlschrank. Er öffnete ihn erneut und leuchtete hinein. Das Augenpaar mit der blauen Iris sah ihn diesmal freundlich an, wie er fand. Er war sich jetzt sicher, dass es Einars Augen waren. Er nahm das Glas aus dem Schrank und steckte es in seine Jackentasche. Dann begab er sich zum Ausgang. Auch hier eine gepanzerte Tür. Die Klinke ließ sich nicht niederdrücken. Piet erinnerte sich, dass Doktor Lau die Labortür mit einer Kombination auf seinem Handy geöffnet hatte. Piet klappte sein Handy auf und tippte das Zeichen Gu ein. Für die durchgezogenen

männlichen Linien wählte er die Eins, für die durchbrochenen weiblichen die Null. Nichts geschah. Er vertauschte die
Zahlen, ohne Erfolg. Er überlegte. Lau hatte die Zwei als die
stärkste Zahl bezeichnet, da sie als einzige sowohl eine
Primzahl als auch eine gerade Zahl war. Er probierte es mit
der Zwei für die durchgezogenen Linien und mit der Eins
für die durchbrochenen. Keine Reaktion. Er versuchte es
mit der Drei für die durchbrochene Linie, die ja aus drei
Teilen bestand, und diesmal klappte es. Eine Diode blinkte,
ein leises Surren und Klacken. Die Klinke ließ sich jetzt niederdrücken.

Draußen war die Welt verändert. Kein Oben, kein Unten
mehr, keine klar erkennbaren Dinge. Nur ein diffuser wei-
ßer Abgrund in alle Richtungen. In völliger Windstille
schwebten große Schneeflocken so dicht herab, dass es
wirkte, als senke sich der ganze Himmel wie eine einzige
Wand auf die Welt. Sie schimmerte schwach, ein fahles
Leuchten, das von verschiedenen Lichtquellen zu stammen
schien. Man konnte so gut wie nichts sehen. Piet musste an
das deutsche Märchen von Frau Holle denken. So fleißig
waren ihre Federbetten bestimmt noch nie ausgeschüttelt
worden. Er vertraute seinem Ortssinn und bewegte sich
langsam und vorsichtig in eine Richtung, in der er den Ausgang vermutete. Der dichte Schneefall löschte die Spur aus,
die er hinterließ und verschluckte das Geräusch seiner
Schritte. Nach einiger Zeit tauchten die Umrisse eines Ge-
bäudes vor ihm auf. Das Pförtnerhaus. Licht brannte hinter
den Fenstern, und der Scheinwerfer auf seinem Dach warf
einen milchigen Strahl, der sich in den Flocken verteilte

und sie wie glühende Funken aussehen ließ. Das hohe eiserne Schiebetor mit den Metallspitzen war geschlossen, ein unüberwindbares Hindernis für Piet. Eine Weile verharrte er ratlos. Dann bemerkte er, dass zwischen dem Zaunpfosten und dem Ende des Tors eine Lücke klaffte. Offenbar hatte das Tor beim Ausfahren wie eine Schneeschaufel den Schnee vor sich hergeschoben, und der dabei entstandene Haufen hatte das Tor blockiert. Die Lücke war groß genug, um es Piet zu erlauben, sich mit einiger Mühe hindurchzuzwängen. Er stapfte mit seinen Krücken die Zufahrt entlang durch tiefen Schnee zur Bushaltestelle an der Landstraße. Der Bus fuhr von hier nach Oulu oder in der entgegengesetzten Richtung nach Rovaniemi. Er würde also bequem dorthin kommen können. Plötzlich ein lautes Geräusch und das gelbe Blinken einer Warnlampe. Ein großes Fahrzeug fuhr vorbei, ein Räumfahrzeug auf Raupen.

Irgendwann ließ das Schneetreiben nach. Piet sah, wie sich Scheinwerfer näherten. Es war der Bus nach Oulu. Er hatte keine Wahl, er musste ihn nehmen. Er stieg in das fast leere Fahrzeug ein und war wenig später in der Stadt.

14

Er mietete sich in einer kleinen, für skandinavische Verhältnisse ziemlich schäbigen Pension ein. Er überlegte, zur Polizei in Oulu zu gehen, aber er ließ den Plan wieder fallen, als er im Foyer der Pension in einer Lokalzeitung einen Artikel über die Villa las, in der die Institution in den höchsten Tönen gelobt wurde als eine weltweit einmalige Fusion von Forschungsarbeit und Altenpflege. Die Reputation des Hauses war offensichtlich so groß, dass man dem Verdacht eines Ausländers bei der hiesigen Polizei wohl kaum Glauben geschenkt hätte.

Er konnte hier nicht bleiben. Der Ort war nicht sicher genug. Doktor Lau hatte das Fehlen des *Buchs der Wandlungen* und des Glases mit den Augen vermutlich längst bemerkt, auch wusste er, dass der Patient aus dem Rattenzimmer verschwunden war. Chandar hatte ihm sicher auch gesagt, dass Piet ein ehemaliger Profiler war. Lau und seine Leute würden alles daransetzen, ihn auszuschalten. Er musste einen sicheren Unterschlupf für sich finden. Dann würde er sich an Inspektor Mäkinen wenden.

Er rief Hue an. »Du musst mir wieder einmal helfen. Mach bitte in Rovaniemi einen Samen namens Matti ausfindig. Er ist Taxifahrer und steht mit seinem Wagen immer am Bahnhof, wenn er nicht unterwegs ist. Nenne ihm meinen Namen. Matti kennt ihn von Einar. Sag ihm, Einar sei ermordet worden und ich würde die Täter kennen. Ich sei in großer Gefahr. Bitte ihn, dass er mich umgehend anruft.«

Hue versprach, sich gleich auf die Suche nach Matti zu machen. »Ich habe Angst um dich«, sagte sie noch. Dann legte sie auf.

Zwei Stunden später, gerade als er sich ein Bier eingeschenkt hatte, um das Grübeln über die Situation, in der er sich befand, erträglicher zu machen, meldete sich sein Handy. »Hier ist Matti. Wo sind Sie? Ich komme mit dem Motorschlitten. Dann kann ich Straßen weitgehend meiden. Sie werden Leute losgeschickt haben, um sie zu überwachen, vor allem die nach Rovaniemi. Es wird dauern wegen der vielen Umwege. Ich werde vorsichtshalber nachts fahren.« Er legte auf, ehe sich Piet bedanken konnte.

Er nahm das *Buch der Wandlungen,* um darin zu lesen und sich so das Warten leichter zu machen. Dabei fiel ihm wieder das große Gewicht des Bandes im Verhältnis zu seiner Dicke auf. Er blätterte ihn durch. Nichts war ungewöhnlich. Doch dann bemerkte er, dass der rückseitige Einbanddeckel dicker war als der vordere. Als er mithilfe seines Taschenmessers ein Stück des Vorsatzpapiers entfernte, kam eine schwarze Metallplatte zum Vorschein. Hatte sie etwas mit Abschirmung zu tun? Oder mit Induktion? Oder war das durch die Platte entstandene Gewicht notwendig, um einen Federmechanismus bei der Entfernung des Buches auszulösen? Die Platte war magnetisch. Sie zog die Klinge seines Messers an. Das sprach für Induktion. Wenn man das Buch bewegte, zum Beispiel wenn man es entfernte, würde in einer entsprechend positionierten Spule ein Strom erzeugt. So war vermutlich im Chinesischen Zimmer das Öffnen der Tür zur Küche ausgelöst worden.

Am frühen Morgen war er da. Matti kam ins Zimmer ohne anzuklopfen, schlug sich den Schnee von seinem leichten Sommeranzug und warf sich in den Stuhl. »Jetzt habe ich Hunger und Kaffeedurst«, sagte er. Matti war ein kleiner, athletisch gebauter Mann mit den typisch asiatischen Zügen der Samen. Seine Augen ruhten voller Neugier auf Piet. Piet erhob sich, schüttelte Matti die Hand und fragte ihn, wie er die Fahrt durch die eisige Nacht in einer solch leichten Kleidung überstanden habe. »Unser Volk ist nicht kälteempfindlich. Aber ich habe natürlich unsere traditionelle Winterkleidung getragen. Ich habe sie im Schlitten gelassen. Ich hasse es, angestarrt zu werden.«

Piet griff zum Haustelefon und bestellte ein Frühstück für zwei und eine große Kanne Kaffee aufs Zimmer.

»Du warst mit Einar befreundet?«, fragte Matti.

»Ja, und das bin ich immer noch. Obwohl er inzwischen tot ist. Wir waren im gleichen Pflegeheim, einer Villa nördlich von Oulu. Ich habe ihn dort ausfindig gemacht, weil ich nicht an die offizielle Version seines Todes glaubte. Herzschlag in seiner Sauna wegen zu viel Alkohol. Eine leere Chiantiflasche lag neben der angeblichen Leiche meines Freundes. Einar trank keinen italienischen Rotwein, seit ihn seine Frau verlassen hatte.«

»Ich weiß. Wir haben oft darüber geredet. Er war sehr traurig. Die Sache hat ihm das Herz gebrochen.«

»Einar behauptete, dass in der Villa seltsame Dinge geschehen würden. Dubiose Okulisten, die den Patienten Augen entnehmen, um sie später Menschen mit Augenfehlern zu transplantieren. Es sei sein letzter Fall. Er wollte ihn unbedingt noch lösen und bat mich, ihm dabei zu helfen. Ich sagte zu. Ich wollte mit Einar ein letztes Mal zusammenarbeiten. Doch daraus wurde nichts. Neulich wurde sein Leichnam aus dem Labor getragen und angeblich zur Obduktion in die Stadt gefahren. Ich glaube allerdings eher, dass sie die Leiche verschwinden ließen, denn bei einer Obduktion würde man die fehlenden Augen des Toten entdecken und unangenehme Fragen stellen. Meine weiteren Nachforschungen ergaben, dass das Pflegeheim spezialisiert auf Augentransplantationen ist und auf die Züchtung von menschlicher Netzhaut. Alles natürlich streng geheim. Ein indischer Arzt und ein chinesischer Informatiker und Spezialist für Künstliche Intelligenz sind die Hauptakteure. Es scheint um sehr viel Geld zu gehen. Nicht nur wegen des kriminellen Organhandels mit Augen, sondern auch wegen der Möglichkeit einer erfolgreichen Retinatransplantation. Wahrscheinlich steckt die chinesische Mafia dahinter.«

»Das erinnert mich an einen Geheimbund der Okulisten oder Starstecher, den es früher einmal gab. Eine Art Loge, deren Mitglieder sich auf das Starstechen verstanden. Sie traten auf Jahrmärkten auf und behandelten Blinde auf eine äußerst brutale Weise. Der Patient saß auf einem Stuhl, der für alle gut sichtbar auf einer hölzernen Plattform stand.

Man hatte ihm reichlich Alkohol eingeflößt und ein Stück Holz zwischen die Zähne gesteckt. Der Okulist näherte sich mit einer langen, spitzen Nadel und stieß mit ihrer Hilfe die trübe Linse des Auges tief in das Innere des Augapfels. Gelang dies, konnte der Patient wieder sehen, wenn auch nur Licht und Schatten und unscharfe Konturen, denn die Linse zum Scharfstellen des Bildes fehlte ja. Dennoch empfand er diese Veränderung als großen Erfolg, sprang mit blutendem Auge auf und schüttelte dem Okulisten die Hand. Das Volk jubelte und applaudierte. Es war schließlich Zeuge eines Wunders. Hatte nicht auch Jesus einen Blinden geheilt? Dass die meisten Patienten wenige Wochen nach der Operation an einer Infektion verstarben, interessierte niemanden. Der Okulist aber musste keine Rache der Angehörigen des Verstorbenen fürchten, denn er war mit der großen Geldsumme, die er bekommen hatte, längst weitergezogen und würde auch nie mehr an den Ort seiner Untat zurückkehren. Starstecher waren mächtige Leute, gefürchtet und verehrt. Sie hielten zusammen und profitierten von den Informationen ihres Geheimbunds. Der Schlimmste war ein gewisser John Taylor. Ein großer, schöner Mann, der sich Chevalier nannte, ein Ritter, der sich selbst den Ritterschlag gegeben hatte. Er reiste in einer großen Kutsche, auf deren Wände riesige Augen gemalt waren. Er war der perfekte Scharlatan, denn er hatte Moral. Dadurch war er überzeugend. Ein schlechter Scharlatan hat keine Moral. Wenn es Taylor nicht gelang, die Augenlinse in den Augapfel zu treiben, weil die Nadel abgerutscht war, dann litt er Qualen und verzichtete auf einen Teil seines Honorars.

Beim großen Johann Sebastian Bach passierte ihm das. Bach hatte einen grauen Star und konnte fast nichts mehr sehen. Deshalb musste er die Arbeit an der Kunst der Fuge aufgeben, dem wahrscheinlich größten Meisterwerk der Musikgeschichte. Er ließ sich von Taylor den Star stechen – ohne Erfolg. Taylor wiederholte die Operation. Danach war Bach ganz erblindet und starb wenig später. Auch das Augenlicht von Händel hat Taylor auf dem Gewissen.«

»Woher weißt du das alles, du als einfacher samischer Taxifahrer.«

»Einfach? Dass ich nicht lache. Ist dir etwa entgangen, wie viele Taxifahrer oftmals hochgebildete Leute sind? Sie haben viel Zeit zum Lesen, wenn sie stundenlang auf Kunden warten. Es gibt auch etliche Akademiker unter ihnen. Ich zum Beispiel habe in Helsinki studiert, Musikgeschichte. Ich wollte etwas für die samische Musik tun. Doch ich bin kläglich gescheitert. Man hat sich über mich und unsere Musik, den Joik, lustig gemacht. Ich habe meinen Doktorvater verprügelt und bin von der Uni geflogen. Das ist zwanzig Jahre her. Heute soll es besser sein an den Unis. Die Sámi sind wieder etwas. Wenn auch hauptsächlich als Touristenattraktion.«

Es klopfte. Das Frühstück kam. Es war reichlich. Brötchen, Rührei, Räucherfisch, Marmelade. Matti machte sich darüber her. Auch Piet genoss es, in Gesellschaft dieses Mannes zu speisen. Er schilderte noch einmal die Situation in der Villa *Huvila Salo*, den Besuch im Chinesischen Zimmer, sein Eindringen ins Labor. »Ich habe dort ein entscheidendes Beweisstück gefunden für die illegalen Machenschaften dieser Leute.« Er ging zum Fenster, öffnete es, holte das Glas mit Einars Augen vom Sims und stellte es vor Matti auf den Tisch. »Du kennst diesen Blick. Seine Augen sind blauer als deine.«

Nach dem Frühstück drängte Matti zum Aufbruch. Als sie den Schlitten erreicht hatten, sagte Matti: »Zieh deine Sachen aus, auch die Schuhe, und zieh das hier an, dann wirst du nicht frieren.« Matti holte die traditionelle Winterkleidung der Samen aus dem Gepäckfach des Schlittens. Mantel, Hose, Stiefel und Mütze aus Rentierpelz, alles bunt bestickt, außerdem die Lokka, einen Umhang aus Lodenstoff. Alles passte Piet wie angegossen. »Woher hast du das alles in meiner Größe?« Matti lachte. »Es gibt inzwischen auch große Samen, seit die meisten von uns nicht mehr in Zelten leben, sondern in festen Häusern, und normalen Berufen nachgehen. Unsere kleine Statur hatte thermodynamische Gründe. Ein kleiner Körper strahlt weniger Wärme ins Weltall als ein großer – ein Vorteil in diesem Klima. Mach übrigens dein Smartphone aus, damit sie uns nicht orten können.«

»Ich habe kein Smartphone, nur ein altes Nokia mit Tasten.«

»Auch das kann deinen Standort verraten, wenn man deine Handynummer weiß.«

Auch Matti wechselte die Kleidung. Dann verstaute er die abgelegten Kleidungsstücke im Gepäckfach, entnahm ihm einen großen Flachmann, schraubte die Kappe ab, füllte sie, prostete Piet zu, trank, füllte die Kappe erneut, trank wieder, füllte sie und reichte sie dann Piet ebenfalls zweimal. »Jetzt sind wir gut gerüstet. Wir werden einen Umweg durch ein Naturschutzgebiet fahren. Da werden sie uns nicht vermuten. Ich kenne die Gegend gut. Ich habe als junger Mann dort mit Rentieren gearbeitet, ehe Tschernobyl alles kaputtgemacht hat. Das Fleisch war plötzlich radioaktiv. Es war unverkäuflich.«

»Rentiere so weit südlich?«

»Natürlich. In dieser Gegend gibt es eine berühmte Rentierzucht.«

Piet hatte vorsichtshalber drei Opioide eingenommen, denn er ahnte, dass ihn ein Höllenritt erwartete, der heftige Schmerzen in seinem Bein verursachen würde. Es war eine richtige Maßnahme. »Halte dich schön fest«, schrie Matti. Er gab Gas, und sie schossen in Kurven wie in einem Slalom durch den Wald, dessen Bäume hier noch ziemlich eng standen. Piet hockte hinter Matti wie ein Affe auf dem Schleifstein und klammerte sich an die seitlichen Holme. Die Wirkung der Tabletten hatte eingesetzt, und er meinte bald zu fliegen. Die Sonne ging auf, der Schnee glitzerte und funkelte wie Strass, Schneehauben lösten sich aus den Zweigen der Fichten und rieselten als wehende, regenbogenfarbene Fahnen herab. Immer wieder erreichten sie zugefrorene, schneebedeckte Seen. Dann gab Matti Vollgas, und der Schlitten erreichte seine Höchstgeschwindigkeit von 130 Stundenkilometern. Wenn es die Form des Bodens zuließ, wenn er kleine rampenartige Buckel bildete, drehte der Fahrer voll auf, sodass der Schlitten einige Meter durch die Luft flog, ehe er unsanft wieder aufsetzte. Piet kam es vor, als bewegten sie sich wie ein großer Zugvogel durch den Himmel.

Die Landschaft wurde hügeliger. Von einer kahlen Felsenkuppe aus sahen sie die beschneite Fläche eines großen Sees unter sich liegen. An seinem Ufer standen fünf kleine konische Gebilde, die an Raumkapseln erinnerten. Matti hielt auf sie zu. Als sie näher kamen, erkannte Piet, dass es Koten waren. Vor dem größten Zelt hielten sie und stiegen ab. Durch die Zeltwände hörte man laute Popmusik. Matti entnahm dem Gepäckfach drei Flaschen und zeigte sie Piet. »Das ist *Koskenkorva*, auch zärtlich *Kosso* genannt, der Lieblingswodka der Finnen, denn er hat sechzig Prozent, genauso viel wie Selbstgebrannter.«

Er schlug den Zelteingang zur Seite und verschwand im Inneren. Piet folgte ihm und geriet in eine andere Welt. Um ein flackerndes Holzfeuer hockten und lagen vielleicht zwölf bis fünfzehn Personen verschiedenen Alters und Geschlechts. Eine genaue Zahl war nicht auszumachen. Wie die Tentakel eines großen Kraken bewegten sich die Gliedmaßen dieser Menschen und verknäulten sich ineinander. Es war heiß und roch nach Qualm. Es war schon viel getrunken worden, denn überall lagen leere Flaschen. Über dem Feuer schwebte an einem Dreibein ein eiserner Kessel, in dem etwas dampfte, das sich später als Rentiersuppe herausstellte. Das Zentrum der Gruppe bildeten ein alter Mann und eine alte Frau, die dicht nebeneinander gegenüber der Eingangstür saßen und sich im Gegensatz zu den anderen kaum bewegten. Wie es schien, hatten sie ihre Augen überall. Beide trugen den Kolt, während viele der Jüngeren Jeans und T-Shirts anhatten. Die laute Musik kam von einem Ghettoblaster, der neben dem Feuer stand.

Matti ging auf die beiden Alten zu, umarmte sie und überreichte sein Gastgeschenk. Der Lärm verstummte, und ein Raunen setzte ein, ein an- und abschwellendes Geräusch wie das glucksende Rauschen eines Bachs, dessen Strömung sich an Steinen bricht. Viele hielten ihre Becher hoch, und Matti ging von einem zum anderen, um *Kosso* auszuteilen wie einen Messwein. Bald setzte der Lärm wieder ein, doch er hörte schlagartig auf, als sich ein alter Mann mit einer Trommel in der Hand erhob. Der Gettoblaster wurde ausgeschaltet, und der Mann begann die Trommel zu schlagen und dazu in einem atonalen Kehlgesang zu singen, der fast mehrstimmig klang. Mit geschlossenen Augen wiegte sich der Sänger im Rhythmus der Trommel. Seine Stimme wurde lauter und lauter. Auch die Zuhörer begannen sich zu wiegen wie Gräser in regelmäßigen Windstößen. Piet, der in einer engen Menschenlücke saß, bewegte sich mit, zunächst unfreiwillig, dann als Teil dieses vielgliedrigen Wesens. Der Wodka entfachte ein wärmendes Feuer in seinem Körper. Sein Blick fiel auf einen Gegenstand, der an der Zeltwand hing. Ein Rohr mit sieben Löchern, ähnlich einer irischen Flute. Er stand auf und griff nach dem Instrument, einem Fadno, dem einzigen Melodieinstrument, das es in der samischen Kultur gab. Gewöhnlich besteht es aus einem Rohr aus Arznei-Engelwurz, einer Heilpflanze, die auf feuchten Böden an Flüssen und Seen wächst. Ein Fadno aus diesem Material ist ein primitives und empfindliches Instrument und verstimmt sich beim Spielen schnell. Dieses Fadno war anders. Es war größer und stabiler, weil es aus Bambus gefertigt war. Piet war ein guter Querflötist, aber er hatte das Musizieren schon lange aufgegeben. Doch jetzt, durch die Situation und den Alkohol stimuliert, empfand er das starke Bedürfnis zu spielen. Er setzte das Fadno an die Lippen und begann. Anfangs brachte er keinen Ton zustande, doch dann kamen sie, Töne, die rau und seltsam falsch klangen, doch sie fügten sich immer besser zu dem Joik des Sängers. Alle hörten staunend zu. Der Joik schien endlos zu sein. Die Stimme, die Trommel, die Flöte verschmolzen zu einem Klang, der die Zeit auszulöschen schien. Als es irgendwann vorbei war, weil der Sänger seine Geschichte zu Ende erzählt hatte, klatschten die Zuhörer. Sie umringten Piet und schüttelten ihm reihum die Hand. Jemand kam ins Zelt zurück, nachdem er draußen seine Blase entleert hatte. Er rief etwas, das Piet nicht verstand. Viele erhoben sich und drängten hinaus. Matti schloss sich ihnen an, und er winkte Piet, ihm zu folgen. Draußen war es bitterkalt. Der Himmel war eine Kuppel aus schwarzem Glas, unter der ein faszinierendes Spektakel stattfand. Grün schimmernde, wogende Bänder, wehende Vorhänge, flackernde Wasserfälle aus Licht und Dunkelheit. »Am Himmel tanzen die Toten, um den Lebenden zu leuchten«, sagte Matti, der neben Piet stand. »Auch meine Eltern sind dabei.«

»Wer waren sie«, fragte Piet.

»Sie waren Fischer am Inarisee. Sie sind bei einem Sturm mit ihrem Boot untergegangen.«

Als das Polarlicht allmählich verblasste, strömten alle ins Zelt zurück. Irgendwann war die Feier zu Ende. Piet sank todmüde auf das Stroh, das den Boden bedeckte. Er hatte das Gefühl, in einer Weltraumkapsel zu sein, die die Umlaufbahn erreicht hatte, so leicht, so schwerelos fühlte er sich. Ein kleines Mädchen lag neben ihm und schlang einen Arm um sein Knie. Es sagte etwas in einer Sprache, die er nicht verstand. »Was hat sie gesagt?«, fragte er Matti, der auf der anderen Seite neben ihm lag.

»›Stirbst du bald Opa?‹, hat sie gefragt.«

»Sag: ›Ja, es scheint so zu sein.‹«

15

Sie standen vor dem Zelt mit Bechern voll dampfendem Kaffee in der Hand. Die Morgendämmerung kroch rosa über die Hügel im Osten. Matti wirkte ernst. »Du hast jetzt einen Einblick in unsere Kultur bekommen, wie sie kein Museum vermitteln kann. Diese Leute hier gehören zu den wenigen, die noch die alte Lebensweise praktizieren. Sie sind echte Nomaden. Sie leben auch im Winter in Koten. Und sie tragen das ganze Jahr über den Kolt, diese bunt bestickte Jacke, an der man ihre Herkunft erkennt. Es ist meine Großfamilie, obwohl wir an sich gar nicht miteinander verwandt sind. Verwandtschaft ist bei uns nicht nur genetisch definiert, auch Freundschaft kann Verwandtschaft bedeuten. Einar zum Beispiel war mein Onkel. Als meine Eltern starben, war ich zehn Jahre alt. Diese Familie hier hat mich aufgenommen wie ihr eigenes Kind. Bei ihr habe ich den Umgang mit Rentieren gelernt. Das Ren ist mehr als ein Tier. Es ist Teil unseres Wesens, unserer Kultur. Unser Volk wird sterben, wenn es keine Rentierherden mehr gibt oder wenn kein Same mehr mit Rentieren lebt. Heute tun das nur noch zehn Prozent unseres Volkes, alle anderen haben normale Jobs oder leben vom Tourismus. Ihre Zelte werden nicht mehr bewohnt. Sie sind nur noch Verkaufsbuden für billige Messer made in China und Kolts made in Bangladesch. Unser Volk wird sterben, weil unsere Sprache sterben wird, auch wenn wir jetzt einen eigenen Sender haben, auch wenn sie inzwischen als offizielle Amtssprache anerkannt ist und Dokumente zweisprachig abgefasst werden müssen. Es gibt nur noch zwanzigtausend aktive Sprecher des Nordsamischen. Das ist zu wenig, um sich in einer internetgeprägten Welt mit ihren Anglizismen zu halten. Sprache war für uns immer mehr als nur ein Mittel zum Austausch von Informationen. Sie war Rede der Natur. Wir haben Hunderte Ausdrücke für das Ren, je nachdem, wie alt es ist. Das Gleiche gilt auch für Schnee und andere Naturphänomene. Wenn jetzt, wie es aussieht, die Natur durch den Klimawandel ihre Diversität verliert, wenn sie künftig global in Dürrezonen einerseits und Zonen mit einer einheitlich subtropischen Vegetation andererseits eingeteilt werden kann, dann ist es auch vorbei mit der Diversität unserer Sprache. Die Holzindustrie und das Internet sind unsere Hauptbedrohungen. Im Winter findet das Ren nur im Wald ausreichend Nahrung, weil dort der Schnee weicher ist. Durch die Abholzung und die damit verbundene Ausdünnung der Wälder gibt es auch dort immer mehr harten Schnee, sodass die Tiere nicht mehr an die Flechten herankommen können. Viele verhungern. Du hast übrigens vorhin einen echten Joik gehört, der noch nicht durch die Medien geglättet wurde. Unsere heutigen Sängerinnen, die im Fernsehen auftreten, sehen aus wie Agnetha Fältskog, blond und sexy. Sie haben sich die Mongolenfalte operieren lassen, um dem westlichen Schönheitsideal zu entsprechen. Sie lassen sich von modernen Instrumenten der Popmusik begleiten und halten eine Schamanentrommel als Dekor in der Hand. Auch der Gesang selbst ist geschönt, damit er europäischen Ohren gefällt. Weil all das so ist, trinken wir zu viel Alkohol, um diese Katastrophe leichter zu ertragen. Wie die Indianer und die Inuit übrigens auch.«

Eine alte Frau erschien und reichte den beiden große Becher voll heißer Rentiersuppe. Es war ein Wundertrank nach so viel Alkohol. Matti kniff die Augen zusammen und deutete zur Felskuppe, über die sie gekommen waren. »Da ist jemand«, sagte er. »Vielleicht ein Jäger.« Er ging zum Zelt und rief etwas in den Eingang. Eine Hand erschien in der Öffnung und reichte Matti ein Fernglas. Er blickte damit zur Kuppe, stellte scharf und sagte dann: »Ein sehr großer Mann auf einem Motorschlitten. Er trägt eine Uschanka, eine Pelzmütze wie sie Russen haben. Das ist auf jeden Fall kein Same. Komm, lass uns fahren.«

Er rief einen Abschiedsgruß ins Zelt, in dem wohl noch viele ihren Rausch ausschliefen, und dann bestiegen sie den Schlitten. Matti gab Gas. Einmal hielt er kurz an, stellte den Motor ab und drehte sich zu Piet um. »Ich glaube, der Kerl folgt uns. Er hat es leicht. Die Spur der Raupen und Kufen ist nicht zu übersehen.« Auch Piet drehte sich um. Aber da war nichts außer diesem großen Schwarzweißfoto von Schnee und Bäumen, durch das sie fuhren. Aber ein fernes Motorgeräusch war nicht zu überhören. »Wie weit ist es noch?«, fragte Piet. »Auf der Landstraße eine knappe Stunde. Auf Nebenwegen entsprechend länger. Wir müssen den Mann unbedingt loswerden. Ich lasse mir etwas einfallen.«

Er bog in einen schmalen Waldweg ab. Nach einer Weile hielt er an und stieg ab. »Kannst du so ein Ding fahren? Es ist kein Motorrad. Du musst ganz aufrecht sitzen.«

Es ging ganz gut. Piet fuhr ein Stück, hielt an und drehte sich um. Er sah gerade noch, wie Matti hinter einem Baum verschwand. Er wartete. Das Motorengeräusch kam immer näher. Dann sah man den Schlitten. Ihr Verfolger schien sich seiner Sache sehr sicher zu sein, denn er machte keinerlei Anstalten, sich zu verbergen. Er trug einen schwarzen Ledermantel und hatte eine hohe Pelzmütze auf dem Kopf. Er fuhr langsam. Als er auf der Höhe des Baumes war, hinter dem Matti stand, sprang dieser wie ein Panther mit einem gewaltigen Satz auf den Fahrer. Der stürzte vom Schlitten, und dann rollten beide Männer ineinander verkrallt in den Schnee. Sie kämpften. Matti war stark und zäh, aber sein Gegner war viel schwerer und mindestens zwei Köpfe größer. Der Ausgang des Kampfes war abzusehen. Piet wendete und fuhr näher. Dann hielt er, fingerte seinen Revolver aus dem Schulterhalfter, entsicherte ihn und zielte. Es war ein schwieriges Ziel; er durfte Matti nicht treffen. Als ihr Verfolger, nachdem es ihm gelungen war, sich mit seinem gesamten Gewicht auf Mattis Brust zu setzen, die behandschuhte Faust hob, um ihn bewusstlos zu schlagen, drückte Piet ab. Er war ein guter Schütze, aber er war vollkommen aus der Übung. Der erste Schuss ging daneben, der zweite traf. Piet hatte auf den Arm gezielt, aber die Kugel traf das Knie des Mannes direkt neben Mattis Kopf. Der Mann schrie auf.

Matti warf ihn zur Seite, stand auf und klopfte sich den Schnee aus den Kleidern. Piet war abgestiegen, nahm die Krücken und kam durch den tiefen Schnee näher gehumpelt. »Das hast du gut gemacht, Bruderherz. Ich hätte nicht mehr lange durchgehalten«, sagte Matti.

Sie näherten sich dem Mann, der wimmernd im Schnee lag und sich das Knie hielt, um das sich eine Blutlache bildete. Piet erkannte ihn sogleich. Es war der hünenhafte Chinese, den er ein paarmal an der Seite Laus gesehen hatte.

»Das ist der Leibwächter Doktor Laus«, sagte Piet. »Er sollte uns bestimmt ausschalten, bevor wir zur Polizei gehen und alles auffliegen lassen. Wir schleppen ihn zu seinem Schlitten. Aber vorher sollten wir seine Taschen durchsuchen.«

Er packte den Mann unter den Achseln und zog ihn hoch, bis er aufrecht saß. Matti durchsuchte die Taschen. Ein kurzes Stahlseil mit Griffen und ein Smartphone kamen zum Vorschein.

»Zieh ihm die Handschuhe aus«, sagte Matti. Dann ging er zu seinem Motorschlitten, klappte das Gepäckfach auf und holte einen Schlauch heraus. Er ging zum Fahrzeug ihres Verfolgers, schob den Schlauch in den Tank, saugte das Benzin an und ließ es dann in den Schnee laufen. Nach einer Weile zog er den Schlauch wieder heraus und sagte zu Laus Leibwächter: »Ich habe genug Treibstoff im Tank gelassen, damit du bis Rovaniemi kommst. Wenn du hier liegen bleibst, erfrierst du, sofern du nicht vorher verblutest. Du fährst am besten ins *Lappi Central Hospital* und lässt dich wieder zusammenflicken. Die Ärzte dort sind sehr gut.

Nach Oulu kannst du nicht zurück, außerdem würdest du dir ohne Mütze und Handschuhe den Tod holen. Viel Glück, mein Guter.« Der Chinese sah ihn an mit einem Blick, in dem so viel Hass und Mordlust lagen, dass Piet und Matti sich abwandten und wortlos ihr Schneemobil bestiegen.

Zwei Stunden später waren sie in Mattis Wohnung. Sie lag in einer tristen Neubausiedlung und bestand aus einem einzigen Zimmer. Mitten in ihm stand eine Kote, die fast den ganzen Raum ausfüllte. Sie zogen sich um und krochen ins Zelt. »Hier sitze ich oft und träume mich in die endlose Weite der Landschaft. Ich denke nach. Meine Gedanken sind wie Schmeißfliegen, die sich auf das Aas meines Lebens setzen. Manchmal joike ich hier, vor allem wenn ich betrunken bin. Oder spiele die Trommel. Ganz für mich allein.«

»Wieso hattest du diesen Schlauch dabei?«

»Man kann nie wissen, ob man rechtzeitig eine Tankstelle findet. Dann muss man sich den Fusel bei einem parkenden Auto holen.«

»Ich kannte einen Namensvetter von dir, der auch ein ziemlich legeres Verhältnis zur Kriminalität hatte. Das Ganze ist jetzt schon vier Jahrzehnte her. Ich war damals wegen eines Mordfalles in Kautokeino. Er hieß Matti Utson. Kennst du ihn?«

»Ich bin sogar verwandt mit ihm. Er ist mein Großonkel. Wir nennen ihn den verrückten Matti. Nicht, weil er sich für einen echten Noiaden hält. Du weißt, das sind die Vampire des Nordens. Sie ernähren sich von Menschenblut, können die Zukunft vorhersagen, beschützen uns vor Umweltkatastrophen und vermitteln zwischen den Lebenden und den Toten. Matti war ein guter Schamane und ein begnadeter Trommler. Verrückt an ihm war seine große Liebe zu einer französischen Sängerin, die er nie gesehen hat. Er besitzt alle ihre Lieder auf Kassette.«

»Sie heißt Juliette Gréco. Lebt Matti Utson noch?«

»Möglich. Er verschwand vor ein paar Jahren spurlos. Vielleicht ist er zu seiner Geliebten nach Paris gefahren. Zum Abschied hat er mir seine Lieblingstrommel geschenkt. Die hier.«

Er griff hinter sich und holte eine ovale Trommel hervor. Ihr Fell war mit roten Symbolen bemalt. Darunter zwei Boote, die sich an der Wasserlinie spiegelten.

»Ich kenne die Trommel. Matti Utson hat sie damals für mich gespielt. Dabei ist eine abgebrochene Messerspitze über das Fell gewandert und bei dem gespiegelten Boot liegen geblieben.«

»Du weißt, was das bedeutet?«

»Ja. Es bedeutet den Tod. Mattis Trommel hat damals nicht recht gehabt. Aber nun vielleicht. Kannst du für mich spielen?«

»Nicht jetzt, mein Freund. Mir ist nicht danach. Um die Trommel zu befragen, muss man in der richtigen Stimmung sein.«

Einige Zeit später verließen sie die Wohnung wieder und gingen zu Mattis Taxi. »Soll ich dich zur Hütte bringen?«

»Noch nicht, Matti. Es gibt noch einiges für mich zu tun. Ich will mit dem Inspektor reden. Kannst du mich vorher zum *Alko Oy* fahren?«

»Haben Sie Moutai?«, fragte er einen Angestellten des Ladens, nachdem Matti ihn dorthin gebracht hatte.

»Was ist das?«

»Ein chinesischer Schnaps.«

Der Angestellte ging zum Computer. Dann nickte er. »Es scheint tatsächlich zwei Flaschen zu geben. In Helsinki. Die einzigen im ganzen Land. Wir können Ihnen eine Flasche besorgen.«

»Wie lange dauert es?«

»Ungefähr drei Tage. Aber sie ist ziemlich teuer.«

»Lassen Sie beide Flaschen kommen. Ich zahle im Voraus. Wenn sie da sind, schicken Sie sie bitte mit einem Taxi zu mir. Es gibt einen Fahrer, der meine Adresse kennt. Der, der da draußen im Wagen wartet.«

Der Angestellte blickte durch die Schaufensterscheibe. »Das ist Matti. Matti kenne ich. Er ist unser bester Stammkunde. Ich habe seine Handynummer.«

Piet ließ sich von Matti bei der Polizeiwache absetzen. Als er den Pförtner nach Inspektor Mäkinen fragte, hieß es, er sei in seinem Büro.

»Dann melden Sie mich bitte an.«

Inspektor Mäkinen sah Piet Hieronymus aufmerksam an, als sie beide an einem kleinen Tisch Platz genommen hatten. »Ich merke Ihnen an, dass Sie Neuigkeiten haben«, sagte er.

»Allerdings. Einar Berglund ist ermordet worden. Ich kann es sogar beweisen.«

»Darf ich Ihren Bericht mitschneiden?«

Piet nickte, und Mäkinen legte einen kleinen Rekorder auf den Tisch und schaltete ihn ein. »Die Leitung der Villa muss gemerkt haben, dass Einar hinter ihre kriminellen Machenschaften gekommen war. Er ist ihnen zu gefährlich geworden. Deshalb haben sie ihn ausgeschaltet.« Dann begann Piet, seinen Aufenthalt in der Villa detailliert zu schildern. Doktor Chandar, Doktor Lau, Frau Feng, Schwester Alma, sein letztes Gespräch mit Einar, das Chinesische Zimmer, das Labor, seine Flucht im Schutz des extremen Schneefalls. Als er fertig war, holte er das Glas mit Einars Augen aus seiner Jackentasche und stellte es auf den Tisch. Inspektor Mäkinen schrak zurück.

»Ja, tatsächlich, ich kenne diesen Blick. Das sind unverkennbar seine Augen.«

Er stand auf, ging an einen Stahlschrank mit vielen Schubladen und kam mit einem großen Farbfoto zurück. »Ein Porträt Einar Berglunds. Wir haben das Bild machen lassen, bevor er sich aus seinem Beruf zurückgezogen hat. Wir wollten es ursprünglich in diesem Zimmer aufhängen lassen, als Erinnerung. Es war auch Einars Büro. Es besteht kein Zweifel, es sind die gleichen Augen, der gleiche Blick. Klarheit, Skepsis und zugleich große Anteilnahme. Sie haben mich überzeugt. Ich werde morgen die Kollegen in Oulu aufsuchen und sie dazu bringen, eine Razzia in der Villa durchzuführen. Kann ich das Glas mitnehmen?«

»Nein. Ich brauche es noch. Aus emotionalen Gründen. Sie können ja ein Foto machen.«

Mäkinen fotografierte das Objekt mit seinem Smartphone aus mehreren Blickwinkeln.

»Matti und ich sind auf der Fahrt hierher verfolgt worden, von einem Kumpan Doktor Laus, seinem Leibwächter, der uns offensichtlich liquidieren sollte. Es ist uns gelungen, ihn auszuschalten. Er wird jetzt im *Lappi Central* sein und vermutlich gerade operiert werden. Ich habe sein Knie zerschossen. Schicken Sie bitte einen Ihrer Leute hin, der die Ärzte informiert und den Patienten bewacht, wenn er aus der Narkose wieder aufgewacht ist. Man sollte ihn unbedingt in ein abschließbares Einzelzimmer legen. Hier sind seine Mütze, seine Handschuhe und sein Smartphone. Es dürften interessante Nummern darauf sein. Ihre Spezialisten werden das schnell herausfinden.«

Mäkinen griff zum Haustelefon, und kurze Zeit später erschien ein bewaffneter Polizist in Uniform. Der Inspektor klärte ihn über seine Aufgaben auf. »Ich werde jetzt mit den Kollegen in Oulu telefonieren. Herr Hieronymus, Einar wäre stolz auf Ihre Arbeit.«

»Ohne Matti wäre ich kläglich gescheitert. Er ist übrigens mein Bruder.«

Mäkinen sah ihn verständnislos an.

16

Piet saß in einem kleinen Café in der Nähe der Polizeistation und rief Hue an.

»Wir müssen reden, Hue. Arbeitest du gerade?«

»Ja, ich mache ein Zimmer für einen neuen Patienten fertig.«

»Ein großer Chinese mit einem zertrümmerten Knie?«

»Ja. So etwas Ähnliches hat die Oberschwester gesagt.«

»Das ist der Leibwächter von Lau. Gehe zur Oberschwester und sage, dir sei schlecht geworden. Dann komm mit deinem Wagen zur Polizeistation. Es wäre schön, wenn du mich zur Hütte bringen könntest. Ich bin in dem Café gegenüber und warte auf dich.«

Es war sehr kalt in der Hütte. Piet zündete den Ofen an. Dann setzte er sich zu Hue an den Tisch. Er griff nach ihrer Hand und streichelte sie vorsichtig.

»Du kannst nicht hierbleiben, Hue, so gerne ich das hätte. Aber es ist zu gefährlich. Sie sind mir bestimmt immer noch auf den Fersen. Sie wollen mich beseitigen, weil ich ihr Projekt gefährde. Und jener Patient mit dem zertrümmerten Knie im *Lappi Central* ist der Killer, den sie auf

Matti und mich angesetzt hatten. Auch du bist wahrscheinlich auf ihrer Liste, denn sie wissen, dass wir befreundet sind. Laus Leibwächter hat dich zusammen mit mir in der Villa gesehen. Das bedeutet, du bist in Gefahr. Und leider wissen sie auch, wo du arbeitest, denn sie haben dich als meine Pflegerin kennengelernt, und sie haben die Unterlagen meiner OP. Ich habe noch genug Geld auf der Bank, um dir eine Reise zu finanzieren. Ich stelle dir einen Scheck aus, du löst ihn ein, packst deine Sachen und fliegst in deine Heimat. Es wäre doch schön für dich, deine Familie wiederzusehen.«

Sie sah ihn an mit einem Blick, in dem er nicht lesen konnte. Dann nickte sie. »Vielleicht hast du recht. Aber wer soll dann auf dich aufpassen?«

»Matti. Wir sind jetzt Brüder.«

Ehe sie ging, machte Hue gründlich sauber. Stumm wischte und fegte sie. Dann stellte sie das Essen, das sie mitgebracht hatte, auf den Tisch. Eine kräftige vietnamesische Nudelsuppe mit Hühnerfleisch.

Er brachte sie hinaus. Es schneite wieder. Sie saß am Steuer, unbeweglich. Eine ganze Weile. Nur die Scheibenwischer winkten. Er sah durch die Scheibe, dass sie weinte. Dann sprang der Motor an, und das kleine Auto rollte davon. »Baucis«, rief er ihr nach. »Besuch deinen Philemon im Orkus.« Er wusste, dass sie ihn nicht hören konnte.

Am übernächsten Tag ließ er sich von Matti abholen und ins *Hemingway's* fahren, um sich zu betrinken. Matti wollte nicht mit von der Partie sein. »Ich spüre, dass du einen inneren Kampf kämpfst, bei dem dir keiner beistehen kann«, sagte er.

Als Piet glaubte, genug Whisky im Leib zu haben, rief er Matti an. »Fahre ins *Alko Oy*, hole die beiden Flaschen ab und bring mich dann bitte zur Hütte.«

Er lud Matti zu einem Drink ein, einem Absacker, wie er erklärte. »Wie ist dein innerer Kampf ausgegangen?«, fragte Matti.

»Ich weiß es noch nicht. Vielleicht unentschieden.«

Der Same schüttelte sich nach dem ersten Schluck. »Was ist denn das? Haben die bei der Temperatur nicht aufgepasst? Ich vermute, da ist ziemlich viel Methylalkohol drin. Davon wird man blind.«

»Im Gegenteil, man sieht die Dinge klarer, jedenfalls anfangs. Das ist Moutai, ein chinesischer Wunderschnaps, flüssiges Qi. Die Flasche kostet dreihundert Euro. Trink noch ein Glas. Ich glaube, jetzt ist der Zeitpunkt gekommen, Utsons Trommel sprechen zu lassen. Hast du sie dabei?«

Matti holte die Schamanentrommel aus dem Kofferraum und hielt sie kurz vor die Ofentür, um das Fell zu spannen. Dann legte er einen kleinen Gegenstand, eine abgebrochene Messerspitze, auf das Fell und begann mit einem wie ein Hammer geformten Schlegel aus Rentiergeweih die Trommel zu schlagen, zuerst leise tiefe Töne in der Mitte, dann hellere am Rand. Die Töne folgten immer schneller. Matti begann zu joiken. Zwischendrin tranken sie weiter. Matti war in Trance. Piet war kurz davor einzuschlafen. Plötzlich brachen der monotone Gesang und das eintönige Trommeln ab.

»Sieh mal, Piet, was die Trommel dir zu sagen hat.«

Die Messerspitze zeigte auf das gespiegelte Boot.

»Das habe ich mir fast gedacht. Ich glaube, diesmal stimmt die Prophezeiung.«

Später, als sie dank eines Kaffees ihre Sinne wieder einigermaßen beisammenhatten, redeten sie vom Tod, als sei er ein harmloser Zwischenfall, der das Leben nur unterbrach.

»Von alters her lassen wir, wenn es die Jahreszeit erlaubt, unsere Toten im Freien liegen und warten, bis sie tiefgefroren sind«, sagte Matti. »Dann beginnt ihre Seelenzeit. Sie sind noch nicht wirklich tot. Man kann Kontakt aufnehmen mit ihnen. Diese Trommel ist ein wichtiges Hilfsmittel dabei. Es ist eine Art Handy mit Verbindung ins Jenseits. Doch leider wird der Klimawandel diese Gebräuche aussterben lassen.«

Matti war betrunken, aber seine Trunkenheit merkte man ihm kaum an. Im Grunde war es eine verrückte Form der Nüchternheit. Er redete wie ein Wasserfall.

»Nach der Christianisierung im 17. Jahrhundert hat man uns die Trommeln abgenommen. Für ihren Besitz kam man ins Gefängnis, manche wurden sogar mit ihren Trommeln auf dem Scheiterhaufen verbrannt. Die monotheistischen Religionen sind dumm, die christliche genauso wie die islamische. Sie kennen nur das Führerprinzip. Sie kennen nur eine Seele, die entweder verdammt ist und in die Hölle muss oder erlöst wird und in den Himmel kommt. Ich frage mich, was schlimmer ist. Wir Sámi kennen hingegen drei Seelen, die obere, die unser Leben auf der Erde ist, die mittlere, die zwischen der Unter- und der Oberwelt eine Verbindung schafft, und die untere, die die Weisheit der Verstorbenen enthält.«

»Das ist reiner Freud«, sagte Piet. »Das Über-Ich, das Ich und das Unbewusste.«

»Der Monotheismus mit seiner Grausamkeit, der Rechthaberei, den blutigen Kriegen, den Scheiterhaufen, dem Hass auf Andersgläubige, konnte nur in Gegenden entstehen, in denen es heiß ist und keine Bäume gibt. Also in Äquatornähe, in einer Region, in der die Sonne das ganze Jahr über im Zenit steht. In der Wüste ist das Führerprinzip vielleicht eine sinnvolle Überlebensstrategie. Bei uns im Norden kommt es aber auf den Zusammenhalt der Einzelnen an. Wir haben deshalb viele Götter. Das ist wahre Demokratie im Jenseits.«

Der Same nahm wieder seine Trommel und begann erneut zu spielen. Diesmal lauter, aggressiver. Dann zeigte er Piet das Fell. Diesmal war die Messerspitze bei einem Strichmännchen liegen geblieben. »Das ist ein toter Freund von mir. Ich rede mit ihm, wenn ich spiele. Wenn ihn der Schlegelknochen trifft, hört er mich, und ich höre ihn.«

Irgendwann kam der Moment, wo Matti nicht weitertrinken wollte, auch wenn ihm dieser Chinafusel, wie er sich ausdrückte, inzwischen zu schmecken schien. Er ging wortlos hinaus in das dichte Schneetreiben. Sein Wagen war unter einer großen Schneewehe begraben und sah wie ein Iglu aus. Matti legte mit bloßen Händen die Windschutzscheibe und die Fahrertür frei und stieg ein. Doch dann stieg er wieder aus und ging zurück in die Hütte. »Ich habe die Trommel vergessen«, sagte er zu Piet, der apathisch in einer Ecke saß. »Die brauche ich noch, wenn ich nach deinem Tod mit dir reden will.« Er nahm das Instrument, und kurze Zeit später bewegte sich die Schneewehe in Schlangenlinien davon.

17

Am nächsten Morgen wachte Piet mit einem dicken Kopf auf. Er machte Feuer im Herd und setzte Kaffeewasser auf. Draußen heulte noch immer der Schneesturm. Er war müde, aber er legte sich nicht aufs Bett. Er befand, es lohne sich nicht, noch einmal zu schlafen.

Piet rief Inspektor Mäkinen an und erkundigte sich, ob es Neuigkeiten aus Oulu gebe. »Allerdings. Kollegen haben die Villa durchsucht und zahllose Unterlagen und Gegenstände beschlagnahmt, die den Verdacht nahelegen, dass dort tatsächlich Experimente an Menschen gemacht worden sind und ein Organhandel mit Augen betrieben werden sollte. Der Institutsleiter, Doktor Chandar, scheint von der Sache leider Wind bekommen zu haben. Er ist ausgeflogen und zur Fahndung ausgeschrieben. Es wird für ihn als Inder nicht einfach werden, sich in unserem Land auf Dauer zu verstecken oder das Land unbemerkt zu verlassen. Doktor Lau und seine Assistentin Feng sitzen in Untersuchungshaft. Lau sagt nichts. Er liest ständig in einem komischen Buch. Seine Assistentin scheint hingegen aussagebereit zu sein. Die Insassen des Pflegeheims wurden auf andere Häuser verteilt.«

»Und Laus Killer?«

»Auch er schweigt wie ein Grab. Auf seinem Mobiltelefon hat man übrigens interessante Nummern gefunden, die nach China und nach Amerika führen. Lieber Piet Hieronymus, Sie haben da eine große Sache ins Rollen gebracht. Einar wäre bestimmt stolz auf Sie. Noch etwas. Die Kollegen in Oulu möchten Sie befragen und eine Gegenüberstellung mit Doktor Lau arrangieren. Das Glas mit den Augen hätten sie auch gerne, als Beweismittel und wegen gentechnischer Untersuchungen. Einer meiner Beamten kann Sie hinfahren.«

»Das wird jetzt nicht gehen. Ich bin gerade dabei, auf eine kleine Reise zu gehen. Aber morgen können Sie vorbeikommen. Sie persönlich bitte. Ich habe eine Überraschung für Sie.«

»Ich komme. Und nochmals vielen Dank und alles Gute.«

Eine ganze Weile saß er da und rührte sich nicht. Einmal bemerkte er ein kleines braunes Insekt, das zwischen seinen Füßen über den Holzboden krabbelte. Eine Kakerlake, die offenbar die Wärme aus ihrer Erstarrung befreit hatte. Er hob den Fuß, um sie zu zertreten. Dann aber ließ er davon ab. »Es ist ein kleiner Trost zu wissen, dass du mich überlebst«, flüsterte er.

Er trat vor die Tür. Der Sturm hatte aufgehört. Dicke Flocken fielen fast senkrecht vom Himmel. Es war schneidend kalt. Er ging zum Badezuber und machte Feuer im Badeofen. Fast vier Stunden dauerte es, bis das Eis in der Tonne aufgetaut war. Immer wieder musste er trockenes Holz nachlegen.

Er zog den Anzug an und das weiße Hemd. Den Schlips band er mit einem perfekten Windsorknoten. Dann schluckte er zwei Tabletten Scopolamin, ein bewährtes Mittel gegen Seekrankheit. Das sollte verhindern, dass er nach der Tabletteneinnahme erbrach. Und machte er sich nicht wirklich zu einer langen Seereise über den Styx auf?

Auf die Ablage am Rand des Zubers stellte er die zweite Flasche Moutai und das Glas mit Einars Augen. Daneben legte er die Packung mit den Tabletten, die er in der Villa gesammelt hatte. Das Schlafmittel Natrium Pentobarbital. Dann tauchte er angezogen in das warme Wasser. Es ging ihm bis zum Hals. Ein wohliges Gefühl überkam ihn. Endlich war er zurück in der Gebärmutter. Er war bester Laune. Er wusste, wie sein Gesicht aussah, wenn man ihn finden würde. Es würde durch das Eis schimmern. Er war dann eine Skulptur, wie die Toten der Samen während des Winters. Er schmunzelte bei dem Gedanken, dass sie den Zuber erneut heizen mussten, um seine Leiche zu bergen.

Nachdem er ein paar Gläser getrunken hatte, löste er die zwanzig Tabletten in einer Tasse auf. Der Alkohol würde ihre Wirkung verstärken. Plötzlich sah er über sich am inzwischen dunklen Himmel ein faszinierendes Spektakel. Aurora borealis. Grüne Bänder, die sich ineinander verwoben und schließlich ein Gesicht bildeten. Es kam ihm bekannt vor, es war sein Gesicht. Er glaubte, sich im riesigen Spiegel des Firmaments zu sehen.

Diesmal nahm er den Übergang in die Bewusstlosigkeit deutlich wahr. Dass etwas in seinem Körper geschah, zeigte sich bald an den Halluzinationen. Der Pfad, der zum See führte, war plötzlich ein reißender Bach, in dem er mitsamt dem Badezuber trieb. Als sie im See waren, verwandelte dieser sich in einen breiten Strom, der über wilde Katarakte in den Atlantik floss. Von dort ging es weiter in den erdumspannenden Ur-Ozean Panthalassa. Überall in der schnellen Strömung trieben Bilder, Szenen aus seinem Leben, die erste Liebe im Vorland bei Groningen, der erste Kinobesuch. Die Strömung wurde immer reißender, ein Sofa trieb vorbei, mit einer Frau, die seiner Mutter ähnlich sah. Er hörte ein anwachsendes Geräusch wie von einem gewaltigen Wasserfall. Ein Satz fiel ihm ein, den er als Kind oft gehört hatte: »Du hast deinen Teller nicht leer gegessen. Du darfst nichts übrig lassen.« Er wartete auf das Ende. Doch plötzlich begriff er, dass man nur auf etwas warten konnte, wenn das Eintreffen nicht völlig sicher war. Ein winziges Quäntchen Unsicherheit genügte, um Warten möglich zu machen. Fehlte dieses Moment gänzlich, erlosch die Situation des Wartens wie eine Kerze, die niedergebrannt war. Sein Tod war gewiss. Er konnte daher nicht auf ihn warten. Es war, als sei er bereits eingetreten, ehe er geschah. Er dachte an Hue, seine letzte Liebe. Ihm fiel ein, was sie ihm beigebracht hatte, um seine Schmerzen zu ertragen. Zen. Die Versenkung ins unbegreifliche Nichts. Das Nichts, das zugleich mehr ist als nichts und zugleich weniger.

Es begann zu schneien. Am Rand des Zubers bildete sich eine dünne Haut aus Eis. Da, wo das Wasser noch nicht gefroren war, versanken die Schneeflocken und lösten sich auf. Irgendwann sah er ein schwarzes Boot, das sich im Wasser spiegelte. Er würde hineinklettern, und seine Seelenreise würde beginnen. Die Augen fielen ihm zu. Sein Qi floss immer träger.

18

Als er erwachte, war er umgeben von funkelnden Sternen. Es gab ihn also doch, den Himmel, an den er nie geglaubt hatte. Gott beugte sich über ihn. Er trug einen weißen Kittel und sprach mit volltönender Stimme. »Danken Sie Ihrer Freundin. Frau Hue hat Schlimmes geahnt. Sie hat Inspektor Mäkinen und mich überredet, zur Hütte hinauszufahren. Sie waren unterkühlt, als wir Sie gefunden haben. Dieser Schnaps hat Ihnen vermutlich das Leben gerettet. Wir haben einen interessanten Cocktail in Ihrem Magen gefunden. Dabei war auch der Schnaps.«

»Das ist kein Schnaps, das ist Qi«, brachte Piet mühsam hervor. Ihm war immer noch schlecht, und er spürte, dass er sich gleich übergeben musste. Es gab auch eine weiße Göttin im Raum. Sie reichte Piet eine Plastiktüte, und er erbrach ein wenig Galle. »Ich habe Trommeln gehört«, flüsterte er. »Das war bestimmt Matti.«

»Wir behalten Sie noch zwei Tage zur Beobachtung hier. Dann sind Sie frei.«

Am folgenden Tag besuchte ihn Inspektor Mäkinen. Piet fühlte sich bereits viel besser. Er stand auf, und sie setzten sich an einen kleinen Tisch. »Sind Sie jetzt bereit, sich in den nächsten Tagen nach Oulu fahren zu lassen? Es soll eine Pressekonferenz geben. Die Assistentin von Doktor Lau hat ausgesagt. Wir wissen jetzt einiges über die Hintermänner. Aber Doktor Lau redet noch immer nicht. Er wird von einem Psychologen betreut. Wahrscheinlich ist er wahnsinnig.«

»Wo sind Einars Augen?«

»Sie sind in einem Safe der Polizei in Oulu. Sie sind inzwischen ganz trübe geworden. Sie waren gefroren, als wir sie fanden. Wahrscheinlich sind sie beim Auftauen trübe geworden. Einars Leiche haben wir übrigens inzwischen gefunden. In einem Kühlcontainer, der nach China verschifft werden sollte. Sie ist jetzt in der Pathologie.«

»Ich komme nicht nach Oulu. Ich habe andere Pläne. Sobald ich aus der Klinik entlassen werde, fliege ich zurück nach Berlin.«

»Das ist schade. Wir würden Sie gerne noch dabehalten. Die hiesige Presse reißt sich um Sie. Wenn die wüsste, wo Sie derzeit sind, würde sie Ihnen die Bude einrennen. Ich verstehe, dass Sie nach Hause wollen, nach all der Aufregung hier. Ich möchte Sie trotzdem bitten, sich noch einmal durch den Kopf gehen zu lassen, ob Sie nicht zu einer Gegenüberstellung mit Lau bereit sind. Doktor Lau scheint nämlich viel von Ihnen zu halten. Wenn er sich mal herablässt, sein Schweigen zu brechen, redet er über Sie wie über einen Kollegen. Er habe große Pläne, und er will, dass Sie sein Assistent werden. Die Polizei und das Gericht hoffen, dass Sie aufgrund dieser Umstände einiges an Informationen aus ihm herausholen könnten, über die möglichen Hintermänner zum Beispiel.«

»Also gut. Meinetwegen. Unter einer Bedingung: Ich will, dass man die Urne mit der Asche Einar Berglunds hierherbringt und in einer ordentlichen Zeremonie auf dem Friedhof bestattet. Zusammen mit seinen Augen. Die Grabplatte ist ja schon da. Die Urne, die unter ihr liegt, enthält die Asche Antonios, des Ex-Freundes seiner Frau. Vielleicht können Sie dessen Verwandte in Italien ausfindig machen und ihnen die Urne zukommen lassen.«

Sie saßen sich in einem kleinen, fensterlosen Raum gegenüber. Doktor Lau schien ehrlich erfreut zu sein, Piet wiederzusehen. Piet war klar, dass sie beobachtet und abgehört wurden. Deshalb würde er seine Worte mit Bedacht wählen.

»Es freut mich außerordentlich, Sie bei bester Gesundheit zu sehen, Doktor Hieronymus.« Lag so etwas wie Ironie in dieser Stimme? Lau war schwer einzuschätzen. Er verfügte in hohem Maße über die Fähigkeit zur Camouflage. Piet entschloss sich, direkt zur Sache zu kommen.

»Doktor Lau. Meine Freude, Sie bei bester Gesundheit zu sehen, ist genauso groß. Ich möchte Sie etwas fragen. Was waren die Umstände von Einar Berglunds Tod?«

»Lassen Sie mich ein wenig ausholen. Es gibt ein Zeichen im *I Ging*, das die Finsternis des Lichts beschreibt. Das sechsunddreißigste Zeichen, Ming Yi. Es besteht aus den drei durchbrochenen Linien Kun, die, wie Sie sich sicher erinnern, das Dunkle, das Weiche, die Erde bedeuten, und dem Zeichen Li, eine schwache, durchbrochene Linie, eingerahmt von zwei starken, durchgezogenen Linien, die das Licht, die Sonne, das Feuer, die Helligkeit symbolisieren. Dass das Li sich unter dem Kun befindet, bedeutet, dass die Sonne untergegangen ist, dass sie sich nun unterhalb der Erde befindet. Es ist der Sieg der Finsternis. Wenn ein Mensch erblindet, wenn er sein Augenlicht verliert, dann hat das Ming Yi über ihn triumphiert. Genau das war bei Herrn Berglund der Fall. Ich habe versucht, ihm zu helfen. Wir haben es mit Elektrostimulation der Netzhaut probiert, wir haben sogenannte Nanotransporter eingesetzt, um die Blutgefäße, die die Retina versorgen, medikamentös zu unterstützen. Alles war umsonst. Die Ablösung der Netzhaut war bereits zu weit fortgeschritten. Also blieb uns nur die Möglichkeit einer Operation. Wir wollten eine von mir entwickelte neue künstliche Netzhaut auf biologischer Basis implantieren. Der Eingriff, bei dem die Augäpfel entnommen werden und in eine Nährlösung kommen, verlief auch erfolgreich. Doktor Chandar ist ein ausgezeichneter Chirurg. Leider kam es trotz aller Hygienemaßnahmen zu einer Infektion mit einem multiresistenten Erreger. Wir setzten verschiedene Antibiotika ein, vergeblich. Herr Berglund starb an einer Infektion der Bauchspeicheldrüse und anderer lebenswichtiger Organe.«

Lau lächelte milde. Doch plötzlich änderte sich sein Gesichtsausdruck. Er erinnerte jetzt an eine wütende Bulldogge. Er schrie Piet an: »Ich habe mich in Ihnen getäuscht, Hieronymus *xiānsheng*. Ich hatte geglaubt, in Ihnen einen Geistesverwandten gefunden zu haben. Ich habe Ihnen vertraut, und ich hatte Großes mit Ihnen vor. Ist Ihnen eigentlich klar, dass Sie mein Lebenswerk zerstört haben? Dafür werden Sie noch teuer bezahlen. Auf Verrat steht bei uns die Todesstrafe.« Er erhob sich und machte Anstalten, sich auf Piet zu stürzen. Inspektor Mäkinen und zwei Polizisten rissen die Tür auf, packten Lau, legten ihm Handschellen an und führten ihn ab. Er drehte sich noch einmal zu Piet um und lächelte wieder freundlich. »Ich wünsche Ihnen viel Qi für Ihren Lebensabend, Hieronymus *xiānsheng*.«

19

»Soll ich Sie in Ihre Hütte zurückfahren?«, fragte Inspektor Mäkinen, als sie wieder in seinem Wagen saßen.

»Nein. Ich möchte nicht in Einars Welt zurück. Bringen Sie mich bitte ins *Borealis*.«

»Ich habe die Überführung von Einars Asche nach Rovaniemi veranlasst. In zwei Tagen findet die Beerdigung statt. Ich würde mich freuen, wenn Sie dabei wären. War Ihr Freund eigentlich religiös?«

»Nein. Er war Atheist wie ich. Vermutlich berufsbedingt. Er hat zu viel von den Menschen gesehen, um sie noch für Kinder Gottes halten zu können.«

»Dann werden wir keine kirchliche Bestattungszeremonie veranlassen. Vielleicht können Sie ein paar Worte sagen. Sie haben ihn am besten von uns gekannt.«

Als Piet im Guesthouse war, rief er Hue an. »Wieder einmal bitte ich dich, zu mir zu kommen. Ich wohne im *Borealis*. Ich habe ein Doppelzimmer gemietet. Hast du Zeit?«

»Natürlich. Ich bin gleich bei dir.«

»Bring deine Zahnbürste mit.«

Eine halbe Stunde später war sie da. Sie hatte mehr als

nur eine Zahnbürste dabei. Sie hatte einen ganzen Koffer gepackt mit Kleidung und Utensilien zur Körperpflege. Hue wollte ihm den Scheck zurückgeben, den sie nicht eingelöst hatte. »Behalte ihn, als Vorschuss auf dein Gehalt. Ich fliege nach Hause und möchte dich, wenn du einverstanden bist, gerne mitnehmen als meine Pflegerin. Du bekommst monatlich genauso viel Geld wie das Pflegeheim in Berlin kostet. Du kannst es sparen für später, wenn ich nicht mehr lebe. Bist du einverstanden?«

Hue sagte nichts, aber sie nickte und drückte seine Hand. »Ich werde gleich im Krankenhaus anrufen und sagen, dass ich nicht wiederkomme.«

»Gut. Übermorgen fliegen wir. Ich habe die Tickets online gebucht. Vorher müssen wir uns noch um Einar kümmern.«

Am Tag von Einars Begräbnis herrschte ein Wetter, das passender nicht sein konnte. Ein stürmischer Wind wehte unter einem düsteren Himmel, und es goss in Strömen. Es waren nur wenige Menschen gekommen. Inspektor Mäkinen, Hue, ein Polizist aus Oulu, Matti und der Verkäufer vom *Alko Oy*, der den Termin wahrscheinlich von Matti erfahren hatte.

Man hatte die Grabplatte auf die Seite gelegt und das kleine Loch darunter ein wenig vertieft. Dort hinein legte Mäkinen die Urne mit Einars Asche, und der Polizist aus Oulu steuerte ein Päckchen mit einer schwarzen Schleife bei, in dem sich vermutlich das Glas mit den Augen des Verstorbenen befand. Jeder schaufelte Erde in den Schacht. Matti, der eine

Plastiktüte dabeihatte, holte eine Flasche *Koskenkorva* heraus und goss ein wenig in das Grab. »Für dich, mein Freund. Es wird eine Weile reichen. Als Asche brauchst du weniger.« Dann hob er die Flasche an den Mund und trank einen langen Schluck. Mäkinen schob die Granitplatte zurück. Piet wusste, dass er jetzt einige passende Worte sprechen sollte, aber es fiel ihm schwer, die richtigen zu finden. Die wenigen weißen, sich kräuselnden Haare, die ihm von seiner einstigen dunklen Lockenpracht geblieben waren, klebten an seiner Stirn. Er sah hoch zum Himmel, über den schwarze Wolkenfetzen jagten, als säße dort eine Souffleuse. »Einar«, sagte er schließlich. »Wir haben deine Asche begraben, aber was wir nicht begraben haben, ist die Erinnerung an dich. In ihr lebst du weiter, solange wir noch da sind. Das ist zwar noch keine Unsterblichkeit, aber ein Aufschub, für den ich dankbar bin. Mattis Trommel hat geweissagt, dass ich dir bald folgen werde, denn die Messerspitze ist bei dem gespiegelten Boot liegen geblieben, aber noch ist es nicht so weit. Ich musste den Fall, den wir zusammen lösen wollten, allein lösen. Aber du warst immer neben mir, sonst hätte ich es nicht geschafft. Gegensätze ziehen sich an, behauptet man gerne. Doch das stimmt nicht. Meine Beziehungen zu Frauen zum Beispiel sind meistens daran gescheitert, dass wir zu gegensätzlich waren. Doch bei uns war das anders. Ich habe von der ersten Minute unserer Begegnung an gespürt, dass wir uns sehr nahekommen konnten, obwohl wir in vielem tatsächlich Gegensätze waren, in der Art und Weise, wie wir unsere Arbeit machten, aber auch im Naturell. Das hat nicht verhindert, dass wir so etwas wie Schicksalsgenossen wurden, und deshalb vermisse ich dich und werde dich vermissen, solange ich lebe.« Er schwieg und sah wieder zum Himmel, als müsse von dort ein Zeichen kommen, und tatsächlich, eine Wolkenlücke tat sich auf, und ein Sonnenstrahl fiel auf die kleine Gruppe und blendete sie so, dass jeder eine Hand vor die Augen hob. Matti sagte: »Das war Einars Blick. Seine Augen haben die Sonne hinter den Wolken hervorgelockt.«

Der Abschied von Matti war unsentimental. Sie umarmten sich kurz. »Ich werde das Taxifahren aufgeben«, sagte der Same. »Vielleicht gehe ich zurück zu meiner Familie und arbeite wieder mit Rentieren. Ich habe mich auch auf eine Stelle am neuen samischen Kulturzentrum in Inari beworben. Sie wollen eine Sammlung von Schamanentrommeln aufbauen, und sie wissen, dass ich Experte bin. Außerdem habe ich bis zu meinem zehnten Lebensjahr am Inarijärvi gelebt. Und was hast du vor?«

»Ich habe vor, in meine Heimat zurückzukehren, nach Nordfriesland in den Niederlanden. Ich möchte in meinen letzten Lebensjahren ab und zu einen Blick vom Deich auf das Meer werfen. Hue begleitet mich. Sie ist mehr als meine Betreuerin. Sie ist mein Schutzengel.«

»Denk manchmal an mich. Ich bin schließlich dein Bruder.« Er ging, ohne sich umzudrehen und zu winken.

20

Sie flogen nach Berlin. Piet Hieronymus litt diesmal nicht wie sonst unter quälender Flugangst, vielleicht weil Hue neben ihm saß. Im Pflegeheim eröffnete Piet der Leitung, dass er sein Zimmer aufgeben wolle und nur noch die Miete für den laufenden Monat zahlen werde. Er nahm das Poster mit dem Skelett von der Wand, rollte es zusammen und packte es ein.

Sie mieteten ein Zimmer in einem nahe gelegenen Hotel. Piet rief die Nummer der Fußpflegerin an und bat sie, möglichst bald vorbeizukommen. Er habe eine Behandlung dringend nötig. Anna bot an, noch am gleichen Tag zu kommen. Piet hatte Hue gebeten, ein paar Sachen für die Reise einzukaufen Es sei besser, sie sei nicht anwesend, wenn die Fußpflegerin komme. Sie sei eine sehr empfindliche Person, die zum Beispiel nur arbeiten könne, wenn sie dabei italienische Canzoni höre.

Anna erschien. Es war für Piet ein Déjà-vu-Erlebnis. Die gleiche zierliche Person, die gleiche tiefe Stimme, die gleiche Musik, das gleiche Trällern und Summen. Doch etwas war verändert. Anna sprach wenig. Als sie nach siebzig Minuten fertig war, nahm sie den Mundschutz ab und sagte:

»Ich habe mich von Bartolini getrennt. Er ist ein Riechstiefel.«

»Sie meinen Stinkstiefel, Anna.«

»Ist mir egal. Jedenfalls haben wir uns getrennt. Er ist ein unerträglicher Egoist. Er denkt nicht an mich. Er weiß nichts von mir. Er schenkt mir Rosen, obwohl ich Rosenblumen nicht leiden kann.«

Anna packte zusammen, strich das Geld ein und ging. Beim Verlassen des Zimmers schnaubte sie: »Er ist ein Riechstiefel.«

Sie saßen im Speisewagen des ICE nach Hamburg. Auch diesmal schien die Zeit eine Rolle rückwärts zu machen. Ein Mann erschien und setzte sich an ihren Tisch. Er war geschmacklos angezogen. Die fettigen Haare waren schräg über seinen Schädel gekämmt. »Das ist ja lustig«, sagte er zu Piet. »Ja, die Welt ist klein. Sie sind doch der Profiler, der nach Lappland wollte. Und? Wie war es bei den Lappen?«

»Schön«, sagte Piet einsilbig.

»Es freut mich, dass Sie auch eine asiatische Blume erobert haben. Ihre Lee, vermute ich. Sie erinnern sich doch an Lee, meine thailändische Freundin, die Beate Uhse des Fernen Ostens.« Er zückte sein Smartphone, tippte ein paarmal darauf und hielt das Foto von Lee erst Piet, dann Hue vor die Nase. Piet reichte es. Dieser Mensch wirkte auf ihn wie ein böser Geist. Er rief den Kellner, zahlte und suchte ein Abteil mit zwei freien Plätzen.

Die Fahrt über Bremen und Leer dauerte fast sechs Stunden. Das letzte Stück über die Grenze mussten sie im Bus zurücklegen. Als sie in Groningen ausstiegen, befiel Piet ein seltsames Gefühl, eine undefinierbare Mischung aus Freude und Enttäuschung. Einerseits war es so etwas wie die Rückkehr in die Heimat, andererseits verstärkte sich bei ihm der Eindruck, keinerlei Heimat mehr zu haben. Ihm fiel schnell auf, dass sich die Stadt verändert hatte. Viel von ihrem anarchischen Flair schien verloren gegangen zu sein. Groningen, die linke Stadt der Niederlande, das Sammelbecken von Chaoten, Hippies und Aussteigern, war brav geworden. Piet wollte im Hotel *Tiffani* übernachten, einem Etablissement, das einst berühmt-berüchtigt war für wilde Geneverpartys, und in dem er sich lange Jahre oft von seinem beruflichen Alltag erholt hatte. Doch das *Tiffani* existierte nicht mehr. Sie mieteten sich in einer Pension ein. Piet wollte Hue einen anderen wichtigen Ort seiner Vergangenheit zeigen, die kleine Kneipe am Kanal mit dem Namen *Blaue Maus*. Sie befand sich im Parterre eines schmalen, windschiefen Hauses aus dem 16. Jahrhundert. Doch sie war geschlossen. Ein Schild hing in der Tür: Zu verkaufen. Piet fragte einen Nachbarn nach seinem Freund, dem Wirt der *Blauen Maus*. »Er ist vor zwei Wochen gestorben. Herzinfarkt. Zusammengebrochen hinter dem Tresen. Er hatte ein frisch gezapftes Bier in der Hand. Als er am Boden lag, hielt er es immer noch hoch. Kein Tropfen war verschüttet.«

Am nächsten Morgen mietete er ein Auto. Sie fuhren durch den Polder Richtung Westen. »Polder«, sagte Piet, »sind durch Eindeichung dem Meer abgerungen. Sie sind Schwemmland, weder richtiges Land noch richtiges Meer. Sie sind irgendetwas dazwischen. Sie liegen unterhalb der

mittleren Meereshöhe. Es gibt auch Menschen mit Polder-
mentalität. Ich zum Beispiel gehöre zu dieser Spezies. Ich
bin weder richtig jung noch richtig erwachsen, sieht man
einmal von meiner Physis ab. Ich bin Schwemmland, abge-
lagert von der Zeit und von den Verhältnissen eingedeicht.«

Die Suche nach einem Haus hinter dem Deich erwies sich
als schwierig. Es gab nur sehr wenig private Bebauung im
Polder. Doch in einem kleinen Nest namens Bokum fand
sich ein Gebäude, das zum Verkauf stand und ziemlich genau Piets Vorstellung von einem Alterssitz entsprach. Ein
recht heruntergekommenes, strohgedecktes Häuschen mit
einem großen Garten auf seiner windabgewandten Rück-
seite. Der Garten war völlig verwildert, nur Brennnesseln
und anderes Unkraut. Hue war begeistert. »Es gibt hier viele
essbare Wildkräuter«, meinte sie. Das Haus war über zweihundert Jahre alt. Es musste kurz nach der Eindeichung ge-
baut worden sein. »Hier haben immer Fischer gewohnt«,
erläuterte der Mann der Erbengemeinschaft, der Piet und
Hue herumführte. »Wir wollten die Kate abreißen und
Apartments für Touristen bauen. Aber leider steht sie unter
Denkmalschutz. Man muss wohl einiges Geld in die Hand
nehmen, um sie bewohnbar zu machen. Das Dach ist übrigens dicht. Anschlüsse für Strom, Wasser und Gas sind vor-
handen. Haben Sie immer noch Interesse?« – »Ja«, sagte Piet.

Die Innenräume verströmten den typischen Pilzgeruch
alter, unbewohnter Häuser. Es war klamm, und die Tapeten
waren an einigen Stellen verschimmelt. Am meisten intakt
schien noch die große Wohnküche hinter dem Windfang zu
sein. Im Dach gab es ein Zimmer mit Gauben, durch die

man über die Deichkrone sehen konnte. Er entschloss sich, das Anwesen zu kaufen.

Piet telefonierte mit Baufirmen in Groningen. Ein Fachmann erschien und begutachtete den Zustand des Hauses. Dann kam ein Trupp von Handwerkern mit einem LKW voller Material und Werkzeug. Piet mietete vorübergehend in der Nähe eine Ferienwohnung. Tag für Tag wurde er nun Zeuge, wie das Haus wiedererstand. Vom Schimmel befallener Mörtel wurde weggeschlagen und erneuert. Die alten Fenster wurden gegen neue mit Isolierglas ausgetauscht. Einige morsche Balken und Dachsparren wurden ersetzt. Eine neue Eingangstür mit Sicherheitsschloss wurde montiert. Gleichzeitig arbeiteten zwei Gärtner im Garten, entfernten das Unkraut, gruben den Boden um, legten Beete für Blumen, Gemüse und Kräuter an. In erstaunlichem Tempo entstand eine Wohnsituation, in der es sich gut aushalten ließ.

Sie zogen ein. Piet saß nun oft am Fenster seines Zimmers im Dachgeschoss und sah hinaus aufs Meer, auf das Kommen und Gehen des Wassers, Flut und Ebbe, die Brust eines Schläfers, die sich hebt und senkt beim Atmen. Am Horizont sah man bei klarem Wetter die Silhouetten der Inseln. Sie erinnerten an große Schiffe, die dort auf Reede lagen. Ihm war nie langweilig. Langeweile gibt es nur, wenn es Zeit gibt, dachte er. Für ihn aber schien es keine Zeit mehr zu geben.

Hue kümmerte sich rührend um ihn. Aber es kam ihm vor, als ob sie häufig traurig war. Er begann sich Vorwürfe zu machen, dass er sie zu einem Leben gedrängt hatte, das sie zu wenig ausfüllte. Er hatte eine Idee. »Hue«, sagte er,

»du kochst so gut. Wie wäre es, wenn du daraus einen Beruf machst. Du könntest deine Gerichte online anbieten. Vietnamesische Köstlichkeiten to go.« Hues Blick veränderte sich. Er meinte, ein Strahlen zu bemerken. »Ich stelle es mir so vor. Ich lasse eine neue Küche einbauen, einen größeren Gasherd mit Wokflamme, einen professionellen Arbeitstisch, verschiedene Gerätschaften wie Woks, Töpfe, gute Messer, einen großen Kühlschrank mit Tiefkühlfächern. Du musst dein Start-up als Gewerbe anmelden. Jemand wird kommen, um die technischen und hygienischen Verhältnisse zu überprüfen. Wenn alles fertig ist, setzen wir ein Inserat in die Zeitung und richten eine Webseite ein, mit Öffnungszeiten, einer Speisekarte, mit der Adresse, einem Lageplan und der Bitte, eigene Behälter für die Speisen mitzubringen sowie Gerichte vorher telefonisch zu bestellen. Ich habe mir das alles während schlafloser Stunden im Bett überlegt. Auch einen Namen habe ich schon. *Saigon*. Wie findest du das?« Sie lächelte. »Saigon heißt aber heute Ho-Chi-Minh-Stadt.« – »Wen interessiert das schon. *Saigon* klingt jedenfalls nach gutem Essen.«

Wieder lief alles erstaunlich reibungslos ab. Eine Groninger Firma richtete die Küche ein. Hue stellte eine Reihe von Rezepten zusammen, die sie gerne kochen würde. Ein Handwerker fertigte ein Schild mit dem Namen *Saigon* an und montierte es über der Tür. Ein kleiner Platz mit markierten Parkzonen entstand neben dem Haus. Hue bestellte eine große Menge abgepackter Stäbchen aus Holz und Papierservietten. Dann ließ sie von verschiedenen Händlern und einem Asialaden in Groningen alles kommen, was sie zum Kochen brauchte. Vietnamesische Soßen, Reis, Fleisch vom Huhn und Rind, Ingwer, Gemüse, Tofu und vieles mehr.

Schon am Tag der Eröffnung klingelte das Telefon pausenlos. Hue nahm Bestellungen entgegen. Dann begann sie zu kochen. Piet saß am Küchentisch und schnitt Gemüse. Die ersten Kunden kamen. Vor allem aus der Nachbarschaft. Hue gab dreißig Gerichte aus. Am Abend war sie erschöpft.

»Du brauchst Hilfe«, sagte Piet. »Wir setzen eine Anzeige in die Zeitung. Vietnamesische Kochhilfe gesucht.«

Mehrere Leute stellten sich vor. Das Rennen machte eine ältere resolute Frau. Es war ein Glücksgriff. Sie erwies sich als ungeheuer fleißig und geschickt. Sie kam jeden Morgen mit dem Bus aus Groningen und fuhr abends zurück, nachdem sie die Küche vorbildlich geputzt hatte.

Schnell hatte Hue eine große Stammkundschaft erobert. Vor allem ihr selbst gemachtes Kimchi, ihre Frühlingsrollen und ihre Hühnersuppe Pho Ga waren Renner.

In diesen glücklichen Tagen erhielt Piet einen Anruf aus Rovaniemi, der seine Stimmung trübte. Am Apparat war Inspektor Mäkinen. Er kam gleich zur Sache. »Ihr Freund Matti ist ermordet worden. Kopfschuss. Man hat ihn in einem Waldstück des Naturparks Syöte gefunden. Er hat noch gelebt. Ein Hubschrauber brachte ihn ins *Lappi Central*. Man hat alles versucht, aber man hat ihn nicht retten können. Er war bei Bewusstsein, aber er konnte nichts über den Tathergang sagen. Er muss aus dem Hinterhalt erschossen worden sein. Ehe er starb, hat er noch gesagt, man solle eine Trommel holen, die bei seiner Familie am Inarijärvi sei, und sie seinem Bruder Piet schicken. Dann könne der sich mit ihm unterhalten.«

»Das waren Doktor Laus Leute, seine Hintermänner«, sagte Piet. »Gibt es Spuren? Irgendetwas Besonderes?«

»Am Tatort lag ein Zettel mit ein paar Zeichen darauf. Ich glaube, es waren sechs Linien mit einer Lücke in der Mitte.«

»Die dunkle Seite des Berges. Yin. Das Trübe. Das Wolkige. Der Tod.«

»Wie bitte? Ich verstehe Sie nicht.«

»Dann müssen Sie sich mit chinesischer Philosophie beschäftigen. Mit dem Daoismus und vor allem dem *Buch der Wandlungen,* dem *I Ging.*«

»Es gibt noch eine andere schlechte Nachricht. Dieser große Chinese, der Killer von Lau, wie sie ihn nennen, ist flüchtig. Er sollte nach Oulu überführt werden zu einer Gegenüberstellung mit Lau. Die beiden jungen, unerfahrenen Polizisten, die ihn in einem Polizeiauto transportierten, hielten ihn wegen seines eingegipsten Beins für ungefährlich. Während der Fahrt kam es zu einem Verkehrsunfall. Ein PKW hat sie gerammt, nur Blechschaden. Die zwei Beamten hielten an und stiegen aus. Die Männer aus dem Wagen, der sie gerammt hatte, zogen Waffen, Maschinenpistolen der Marke Kalaschnikow, nahmen die Beamten gefangen, fesselten sie, holten den großen Chinesen aus dem Fond und flohen mit ihm in ihrem Fahrzeug in den Wald. Später fand man das Auto ausgebrannt auf einer Lichtung. Die Spurensicherung fand nichts, was uns weiterhelfen könnte. Sie müssen das Fluchtauto gewechselt haben. Sie sind untergetaucht. Vermutlich haben sie längst das Land verlassen. Ich rufe Sie wieder an, wenn es etwas Konkretes gibt. Ich brauche noch Ihre Adresse.«

Eine Woche später kam das Paket mit der Trommel einschließlich eines Schlegels aus Rentierknochen. Es war Utsons Instrument. Piet setzte sich ans Gaubenfenster und starrte aufs Meer, auf diesen dünnen Balken über der Deichkrone, der mal blau, mal braun gestrichen war, je nach der Tide. Dann begann er zu trommeln, so, wie er es bei Matti gesehen hatte. Zuerst zögernd, leise, dann immer schneller und lauter.

21

Hue blühte auf. Sie eröffnete Piet, dass sie Pläne habe. Sie wolle im Garten hinter dem Haus ein Restaurant eröffnen, einen Teegarten, und vielleicht auch ein Zelt aufstellen, in dem man bei schlechtem Wetter speisen könne. »Du musst neben deinen Gerichten und Tee unbedingt auch Wein und Bier anbieten, und jungen Genever. Wir Niederländer sind nun mal ein Volk von Alkoholikern. Zu deinen wunderbaren Speisen passt ein Riesling oder eine Flasche Heineken. Du brauchst also eine Lizenz für den Ausschank alkoholischer Getränke. Außerdem müssen wir eine ordentliche Toilette einbauen lassen, die man vom Garten aus erreichen kann.«

Eines Tages, als Piet wieder in der Gaube saß und trommelte, sah er eine Gestalt auf dem Deich näher kommen. Ein großer Mann in einem schwarzen Mantel, auf dem Kopf eine schwarze Wollmütze, die Hand in der Manteltasche. Er humpelte stark, schleppte das eine Bein nach. »Das ist der Tod«, flüsterte Piet. »Er kommt, um mich zu holen. Aber ich will noch nicht. Er kommt zu früh.«

Er stürzte zum Schreibtisch, öffnete eine Schublade und entnahm ihr die Kassette mit seiner ehemaligen Dienstpistole. Er lud das Magazin und entsicherte die Waffe. Dann ging er zurück ans Fenster. Es war ein surreales Bild. Ein strahlend blauer Himmel, ein großer, schwarzer Mann auf dem Deich. Er war näher gekommen. Piet nahm sein Fernglas, das er hier oben immer griffbereit hatte. Es bestand kein Zweifel: Der Mann da draußen war der Chinese, Laus Bodyguard. Piet wagte nicht, das Fenster zu öffnen. Der Killer hätte es bemerken und misstrauisch werden können. Piet zielte und schoss durch das Glas. Zweimal. Die Scheibe zersplitterte. Der Chinese blieb wie angewurzelt stehen. Dann zog er einen riesigen Revolver aus der Manteltasche. Er zielte auf das kaputte Fenster. Ein Schuss löste sich. Piet sah, wie die Kugel in das Schild über der Haustür einschlug. Dann fiel der Mann zu Boden, langsam, wie ein morscher Baum im Wind. Er stürzte auf die andere Seite des Deichs, auf die Seeseite. Alle in der Nähe hatten die Schüsse gehört. Auch Hue. Mehrere Personen rannten zum Deich. Piet riss das zersplitterte Fenster auf und schrie: »Vorsicht. Der Mann ist bewaffnet. Er ist gefährlich.«

Kurze Zeit später traf ein Polizeibeamter aus Uithuizen, dem nächsten, etwas größeren Ort, ein. Er trieb die Gaffer zurück und sperrte den Tatort mit Plastikbändern ab. Wenig später hörte man Sirenen. Zwei Polizeifahrzeuge und ein Krankenwagen preschten heran. Sie kamen aus dem dreißig Kilometer entfernten Groningen und mussten wohl sehr schnell gefahren sein. Piet glaubte an einem Fernsehschirm zu sitzen und einen dieser mittelmäßigen Krimis zu sehen, die am Vorabend liefen. Drei Polizisten rannten mit gezogenen Waffen den Deich hoch und verschwanden im Vorland. Ein Beamter zeigte zu dem zersplitterten Fenster. Daraufhin stürmten zwei Polizisten, ebenfalls mit gezogenen Waffen, ins Haus und die Treppe hoch in Piets Zimmer. Der hatte seine Walther auf den Tisch gelegt und hob unaufgefordert die Hände. »Haben Sie geschossen?«, fragte ihn einer der Beamten. In diesem Moment betrat ein Mann in Zivil die Dachkammer. »Was ist hier eigentlich passiert?«, fragte er. »Wird hier ein Western gedreht?« Er fand seine Bemerkung lustig und lachte kurz auf. »Nehmen wir erst mal Ihre Personalien auf. Sind sie Niederländer?«

»Ja. Zumindest habe ich die Staatsbürgerschaft dieser Nation.«

»Ihr Name bitte.«

»Piet Hieronymus.«

»Der Name sagt mir etwas.«

»Das kann schon sein. Ich habe mal zu Ihrem Stall gehört. Ich war vor etlichen Jahren Profiler für ausländische Fälle bei der Groninger Mordkommission.«

»Ich habe davon gehört. Sie waren berühmt-berüchtigt für Ihre unkonventionellen Ermittlungsmethoden. Sie haben anscheinend damals einige schöne Erfolge eingefahren. Sie wohnen hier?«

»Ja. Seit kurzem. Ich bin hier bereits polizeilich gemeldet.«

»In welchem Verhältnis stehen Sie zu der jungen Dame, die hier als Köchin arbeitet.«

»Wir sind befreundet.«

Der Kommissar grinste.

»Nicht, was Sie denken. Ich habe mir keine Vietnamesin aus dem Katalog gekauft. Sie hat mich lange Zeit gepflegt. Im Übrigen ist sie nicht nur Köchin. Sie ist auch die Chefin.«

»Können Sie mir erklären, wie es zu dieser Schießerei mit tödlichem Ausgang gekommen ist?«

»Ist er tot?«

»Allerdings. Ein sauberer Kopfschuss. Er hat anscheinend noch ein paar Sekunden gelebt. Er hatte die Waffe in der Hand, als wir ihn fanden.«

»Ich vermute, es ist eine 500er Magnum. Ein Kaliber, mit dem man auch Großwild erlegen kann.«

»Haben Sie zuerst geschossen?«

»Natürlich. Es war meine einzige Chance. Er hat schon einmal versucht, mich zu liquidieren.«

»Wer ist er?«

»Ein chinesischer Killer. Seinen Namen kenne ich nicht. Er war der Bodyguard von einem gewissen Doktor Lau, der in Finnland zusammen mit einem indischen Wissenschaftler illegale Experimente an lebenden Menschen machte mit dem Ziel, eine Augentransplantation zu ermöglichen, bei der das Sehvermögen erhalten bleibt. Ein Riesengeschäft, wenn es gelungen wäre. Ich habe die Sache auffliegen lassen. Das ist erst ein paar Wochen her.«

»Wer war Ihr Auftraggeber?«

»Einar Berglund, ehemals Profiler bei der Mordkommission Rovaniemi. Er war mein Freund und eines der Opfer von Laus Experimenten.«

»Das klingt alles reichlich kurios. Wie aus einem schlechten Kriminalroman.«

»Es wird vielleicht auch ein Roman. Wie ich hoffe, ein guter. Aber das dauert noch. Was den Toten dort unten anbelangt: am besten, Sie rufen bei der Polizei in Rovaniemi an und lassen sich mit Inspektor Mäkinen verbinden. Er wird Ihnen sicher gerne eine schriftliche Darstellung des Falls zukommen lassen. Grüßen Sie ihn herzlich von mir.«

»Eine letzte Frage. Wie sind Sie an Ihre Waffe gekommen?«

»Es ist meine alte Dienstwaffe. Ich habe vergessen, sie abzugeben, als ich den Dienst quittiert habe.«

»Soso, vergessen. Ihnen ist hoffentlich klar, dass Sie sich dadurch strafbar gemacht haben. Ich werde die Waffe konfiszieren. Sie werden sicher eine Geldstrafe bekommen. Außerdem muss ich Sie bitten, hier in der nächsten Zeit erreichbar zu bleiben. Wir werden wahrscheinlich noch die eine oder andere Frage haben.«

»Ich bleibe hier bis ans Ende meines Lebens. Wissen Sie auch warum? Ich versuche es Ihnen zu erklären. Wir leben in einem Chinesischen Zimmer. Auch unsere Beziehungen, die wir eingehen, sind Chinesische Zimmer. Die ganze Welt ist ein Chinesisches Zimmer.«

»Wovon sprechen Sie?« Er sah Piet fragend an, und zum ersten Mal kam es Piet vor, als läge so etwas wie Neugier in diesem Blick.

»Ein Chinesisches Zimmer ist ein geschlossener Raum, in dem eine Einzelperson sitzt. Durch einen Schlitz erhält sie Botschaften aus der Außenwelt in einer ihr unverständlichen Sprache. Mithilfe eines Schriftzeichenvergleichs und einer Anleitung gelingt es ihr, auf diese Botschaften zu antworten, obwohl sie sie immer noch nicht versteht. Die Person, die sich außerhalb des Zimmers befindet, und der sie die Antwort durch einen zweiten Schlitz zukommen lässt, gewinnt daraufhin den Eindruck, die Person im Zimmer sei ein Muttersprachler des Chinesischen. Dieses Missverständnis ist charakteristisch für unsere Beziehungen wie auch für unser Weltverständnis. Wir verstehen nichts, aber wir simulieren durch gewisse Kenntnisse unsere Fähigkeit zu verstehen. Verstehen Sie?«

»Um ehrlich zu sein, eigentlich verstehe ich gar nichts.«

»Sehen Sie, auch Sie sitzen in einem Chinesischen Zimmer.«

22

Der Sommer verging. Im Garten entstand kein Zelt, sondern ein Holzhaus, in dem das Restaurant *Saigon* eingerichtet werden sollte. Hue hatte vor, einen Kellner einzustellen,
und sie entschied sich nach mehreren Bewerbungen für
einen jungen Vietnamesen mit rot gefärbten Haaren. Zweimal in der Woche kam ein Fischer aus dem nahe gelegenen
Noordpolderzijl, einem kleinen Sielhafen, in dem einige
Fischerboote stationiert waren. Er brachte in seinem Liefer-
wagen frischen Fisch, Muscheln und Krustentiere vorbei.
Nachdem er die Ware abgeliefert und abgerechnet hatte,
saß er noch eine Weile in der Küche, sah den beiden Frauen
bei ihrer Arbeit zu und trank ein Fläschchen Heineken.
Piet, der manchmal auch in der Küche erschien, um ein
Bier oder einen Grog zu trinken, war der Blick des Fischers
aufgefallen, der liebevoll und bewundernd auf Hue ruhte,
wie sie mit geschickten Bewegungen die Fische ausnahm
und küchenfertig machte. Piet war nicht eifersüchtig, aber
er gestand sich ein, dass er in absehbarer Zeit auf Hue
würde verzichten müssen. Er tröstete sich damit, dass sein
Nebenbuhler mit seinen schulterlangen braunen Locken,
seinem schmalen Gesicht und seiner Körpergröße ihm

ähnelte, so, wie er vor einem halben Jahrhundert ausgesehen hatte.

Der Herbst kam mit seinen Stürmen. Das empfand Piet als Segen und Trost. Wenn ein böiger Nordwest an den Fenstern seiner Stube rüttelte, bildete er sich ein, Kapitän eines Lebensschiffes zu sein, das einem sicheren Hafen zustrebte. Ihm war immer noch nicht langweilig, aber ihm wurde nach und nach bewusst, dass auch ihm etwas fehlte. Es genügte nicht nur zu lesen, aus dem Fenster aufs Meer zu starren und die Schamanentrommel zu schlagen. Er schlief nachts schlecht und haderte mit seinem Ruhestand. Es war an der Zeit, auf eine Idee zurückzukommen, die ihm schon länger immer wieder durch den Kopf gegangen war. Es würde ihm vielleicht helfen, sich schriftlich mit der Vergangenheit zu beschäftigen. Er fing an, sich Notizen zu machen über die interessantesten Fälle, die er während seiner Arbeit als Profiler gelöst hatte. Sieben Fälle kristallisierten sich heraus. Der erste hatte ihn vor fünfzig Jahren nach Lappland geführt. Seine Berührung mit der Welt der Samen, die ihn seitdem nie mehr ganz losgelassen hatte. Die anderen Fälle hatten in Deutschland, Amerika, Italien und Schottland stattgefunden. Immer waren in diesen Ländern holländische Staatsbürger Opfer krimineller Vorgänge geworden. Piet verfasste als Vorarbeit sieben Exposés und schickte sie an mehrere große und kleine holländische Verlage mit der Ankündigung, all diese Fälle romanhaft auszugestalten. Er habe keineswegs vor, eine Serie von normalen Krimis zu verfassen. Vielmehr sollten in diesen Romanen Porträts der jeweiligen Regionen und gewisser für sie typischer Mythen im Mittelpunkt stehen. Niemand hielt es offenbar für nötig, auf Piets Vorhaben zu reagieren. Außer einem Verleger, der plötzlich unangekündigt in Hues Restaurant erschien, nach Piet Hieronymus fragte und, während er wartete, zu einem Bier eine große Portion Muscheln in Kokossauce verzehrte. Hue holte Piet aus seiner Stube. Er setzte sich zu dem Verleger, der gerade dabei war, seine Mahlzeit zu beenden. »Ausgezeichnet«, sagte er und bestellte einen Genever. Die Sonne hatte noch Kraft und beleuchtete den Mann, der, wie Piet befand, aussah wie ein Landjunker, der, von familiärer Inzucht geprägt, über fast keine Pigmente verfügte: ein Albino mit nahezu weißen Haaren, langen weißen Wimpern und feingliedrigen Händen, die das Bierglas hielten wie eine kostbare langstielige Blume, die man einer Dame schenken will. Er stellte sich vor: ›Gestatten, Willem van Eijken, fast wie der Serienmörder Willem van Eijk, das Biest von Harkstede, nur die letzte Silbe unterscheidet uns. Ihr Projekt interessiert mich, vor allem weil Sie geschrieben haben, keine typischen Krimis produzieren zu wollen, eher Kulturgeschichte im lose übergeworfenen Krimigewand. Ich biete Ihnen zehntausend Vorschuss pro Buch, also insgesamt siebzigtausend. Ich schreibe Ihnen einen Scheck über fünfunddreißigtausend, der Rest wie üblich anteilig bei Erscheinen der Bücher. Sind Sie einverstanden?« Er wartete Piets Entscheidung nicht ab, sondern stellte den Scheck aus. »Haben Sie schon mal erzählerische Prosa geschrieben?«, fragte er. »Nein, nur die typischen Gedichte in der Jugend.« – »Sehr gut. Ich hasse sogenannte erfahrene Schriftsteller. Es gibt nichts Schlimmeres als Routine. Sie ist der Tod der

Kreativität. Wann bekomme ich den ersten Fall? Am besten im Frühjahr. Dann können wir das Werk als Herbsttitel herausbringen, falls, wie ich vermute, kein umfangreiches Lektorat nötig sein wird. Jedes Jahr bringen wir einen neuen Fall heraus. Um die Fernsehrechte kümmere ich mich persönlich.«

Er stand auf und schüttelte Piet die Hand. »Hat mich gefreut, Piet, wir duzen uns doch, war nett, sich mit dir zu unterhalten.« Er schwebte davon wie eine Heiligengestalt. Piet glaubte noch lange das dunkle Nachbild der weißen Erscheinung zu sehen. War der Auftritt des Verlegers ein Traumbild gewesen, hervorgerufen durch die Opiate, die er immer noch gegen seine Schmerzen einnahm? Doch der Scheck war sehr wirklich.

Piet schlug Hue vor, das Einschussloch neben dem Buchstaben »I« des Schildes so zu belassen. Dieses Detail würde gut zu ihrer interessanten Küche passen.

Er sah Hue jetzt seltener. Sie hatte ihr eigenes Zimmer direkt neben der Küche, weil sie früh mit den Vorbereitungen beginnen musste. Jeden Morgen um neun brachte sie Piet das Frühstück. Danach ging er an die Arbeit. Er saß am Schreibtisch und schrieb, ungeheuer schnell, denn er war unter Zeitdruck. Er musste ja noch mindestens vier Jahre leben, wenn er alle Krimis fertigstellen wollte. Das Schreiben fiel ihm nicht schwer. Die Geister der Vergangenheit beugten sich über ihn und diktierten ihm den Text.

Es war schon Winter. Eines Abends saß Piet wieder einmal am Fenster. Die Inseln verschwammen im Nebel. Als legten sie wie Schiffe ab, um hinauszufahren aufs weite Meer. Dann kam Wind auf. Der Nebel lichtete sich. Die Schiffe kehrten von ihrer Reise zurück. Am inzwischen klaren Firmament sah man die Milchstraße und die Sternbilder des Winters. Piet hatte gerade die Arbeit am ersten Fall abgeschlossen. Ein rätselhafter Mord an einem …

Robert Hültner

Lazare und der tote Mann am Strand

Kriminalroman

384 Seiten, btb 75660

Start einer neuen Südfrankreich-Serie von Robert Hültner.

Ein Toter am Strand: tragisch, aber im malerischen Sète, kein seltener Unglücksfall. Wahrscheinlich hat es doch nur wieder etwas mit den internen Streitereien der Gitans zu tun, die hier schon seit Jahren am Stadtrand siedeln. Seltsam also, dass extra ein Kommissar aus Montpellier angefordert wird für diesen Fall. Die Behörden vor Ort sind konsterniert und empfangen Kommissar Lazare entsprechend. Sie ahnen nicht, dass Lazare angetreten ist, ein riesiges – und wenn es sein muss, mörderisches – Komplott aus Mauschelei, Korruption und Betrug aufzudecken, das die ganze Region im Würgegriff hat.

»Ein Schichtengemälde von erheblicher Tiefenschärfe – gewonnen aus historischer Recherche und präziser Beobachtung der kleinen Dinge des Alltags.«
Elmar Krekeler, Die Welt

»Hültner im neuen Milieu: souverän, mit skeptischen Humor.«
Frankfurter Allgemeine Sonntagszeitung

btb